KEITAI
SHOUSETSU
BUNKO
野いちご SINCE 2009

【イケメンたちからの溺愛祭！】

秘密の溺愛ルーム
～モテ男子からの奪い合いがとまらない～

ゆいっと

JN031245

⦿ STARTS
スターツ出版株式会社

イラスト/星屋ハイコ

編入先の高校で私が住むことになったのは、
学園のエリート男子が
集結する最上階の部屋でした——。

「男の子と一緒の部屋なんて聞いてないっ……」

「そんな可愛いこと言って、ただで済むと思ってる？」
vs
「なに、キスしてほしーの？」
vs
「俺のこと好きになれ」
vs
「俺が男だってこと忘れてるでしょ」

昨日まで平凡だった私が学園の姫に
私をめぐってバトル勃発!?

「全力で愛すから、覚悟して——」

甘いささやきは、今日も私を惑わせる。

秘密の溺愛ルーム

モテ男子からの愛し合いがとまらない

人物紹介

🌹

「エクセレント」とは白凰学園の模範生である称号。総合部門、芸術部門、運動部門、頭脳部門の4部門があり、それぞれ1位が選出される。総合部門の第2位には、「ローズ」の称号が与えられる。

一条刹那 (いちじょうせつな)

エクセレント総合部門1位。成績優秀でスポーツ万能なイケメンのクール男子。編入してきた寧々にひと目惚れして、積極的にアプローチをするけど…。

来栖寧々 (くるすねね)

成績優秀で唯一の趣味は料理。男子が苦手で初恋もまだの箱入り娘なのに、編入先の高校で学園のエリート男子たちと一緒に住むことになって…。

神代 椿
（かみしろ　つばき）

エクセレント運動部門1位。スポーツ万
能で明るく、人懐っこい性格だけど、
実は小悪魔。いつも棒付きキャン
ディーをもっている。

小鳥遊琉夏
（たかなし　るか）

エクセレント芸術部門1位。絵画が得意
で、海外のコンクールでも入選するほど
の腕前。女の子に甘く、"恋の伝道師"
の異名をもつ。

一条蘭子
（いちじょう　らんこ）

白凰学園の寮長。優しくて包容力がある
タイプでみんなから頼られている存在。
実は刹那の姉で、初代ローズでもある。

白樺凰我
（しらかば　おうが）

誰ともつるまない一匹狼。人を寄せ付け
ない雰囲気でクラスでも怖がられている
存在。授業をさぼって昼寝ばかりしてい
るけど、実は頭脳明晰で…。

contents

プロローグ

　——くすぐったくて目を開けると、なにかが私の上でもぞもぞ動いていた。

「……っ！」

　ソファで寝落ちしてしまった私に覆いかぶさるようして、頬に手を添えていたのは……刹那くん。

「あ、あのっ……」

「起こしちゃった？　気持ちよさそうに寝てたからさ、起こしちゃ悪いと思ったんだけど、寝顔が可愛くて、つい」

　そう言って、また私の髪の毛を撫でる。

　刹那くんは、私の上に半分乗りかかっている状態。

「寧々の上、気持ちいい」

　耳元で紡がれる甘美な声。

　おまけに、彼の顔は整いすぎているから、至近距離で見るには刺激が強くて、

「刹那……くん……」

　そんなこと言われたら、頭がおかしくなりそうだよ。

　刹那くんはさっきよりも私の体に乗り、完全に覆いかぶさる格好になる。

　隙間を埋めるように、ゆっくり体重を乗せてくる。

　ピタリ、と重なる体。

　お風呂上がりの彼の温かい体温が、私の体に伝わる。

　そしてだんだん、顔を近づけてくる。

　抵抗することもできたのに、澄んだ瞳に引き寄せられる
ように動けなくなって……。

　私はぎゅっと目を閉じた。

　これは、今まで平凡だった私が、突然学園のエリート男
子たちから迫られちゃうお話――。

LOVE♡1

突然の求愛

「ほんとにひとりで大丈夫……？」

駅の改札の手前。

私の手を握るお母さんは今にも泣きだしそう。

「大丈夫だよ、心配しないで！」

同じく泣きそうになるのをぐっと堪える私——来栖寧々はこの春、高校２年生になるタイミングで、全寮制の白凰学園に編入することになって。

明日の始業式に備え、今から学園へ向かうところ。

どうして編入することになったかというと。

仕事の都合で両親の海外転勤が決まり。

そこは治安が悪いから私を連れて行くのが不安、でもひとりで日本に残すのも不安。

なら、全寮制の学校に通えば安心！

ということで、１年間通った高校を転校し白凰学園へ行くことになったんだ。

「寂しくなったらいつでも電話しておいで」

私にそっくりだと言われる目で優しく微笑むお父さん。

「うんわかった。じゃあ行ってきます！」

お父さんとお母さんのほうが慣れない国での生活を前に不安がいっぱいなはず。

そんなふたりに心配はかけられないもん。

私は頑張って笑顔を見せ、改札をくぐった。

「はあ……緊張したぁ……」

　それから約2時間後。

　無事に白凰学園に到着して、たった今、学園長に挨拶をしてきたところ。

　門をくぐった瞬間、ここはお城かと見間違えるかのような造りに圧倒された。

　入ってすぐの広場には丸くて大きな池があり、中央にそびえたつ像の口からはマーライオンのように水が流れ出ていたし、校舎はヨーロッパを思わせるような建築構造で、まるで別世界に飛び込んでしまったかのような錯覚すらした。

　この学校、もしかしてお金持ち学校!?

　私の家は、至って普通の家庭なんだけど……。

　こんなところに通わせてもらって大丈夫なのかなあ。

　校舎内ももちろん高級仕様。

　床は一面、赤茶色の絨毯が敷かれホテルのような内装で、日本の高校とは思えない。

　どんな子たちが通ってるの?

　私、なじめるかな。

　浮いちゃったらどうしよう。

　そんな不安を早くも抱きながら、昇降口に向かう途中。

　歴代学園長の銅像が飾ってあるのを見つけた。

　ちなみに今の学園長は三代目で、少し白髪交じりのダンディーで素敵な人だった。

　一般的な校長先生とはだいぶイメージが違い、貫禄のあ

るいでたちに、ちょっぴり気おされそうになってしまった
ほど。

　目の前の銅像たちは、私に向かって優しく微笑んでいる
ように見えた。

「はじめまして。今日からお世話になります」

　なんて言ってみる。

　初代学園長はお爺様で、二代目はお父様らしい。

　さすが格式高い学園。こんな立派な銅像まで置いてるん
だなあと思いながら眺めていると。

「あ……」

　初代学園長の首元のブローチにごみを発見。

　気になって思わず手を伸ばしたら。

　──ポロッ。

「えええっ……‼」

　ゴミだけじゃなくて、ブローチごと取れちゃった……？
嘘でしょ⁉

　取れたブローチは、コロコロと絨毯の上を転がっていく。

　大変‼　どうしよう‼

　顔面蒼白とはこのこと。

　冷汗をかきながら慌てて追いかけると、誰かの足元が目
に入り。

　ピタリ。

　その人物の足元でそれは止まり、

「……なんだ、これ」

　低い声でつぶやきながら、その人はブローチを拾い上げ

た。

うわぁ……。

こんなタイミングで人が来るなんて。

身を縮めながら顔を上げて――私は息を飲んだ。

……だって、彼がとても綺麗な顔をしていたから。

春らしいミルクティー色の髪は、切れ長の目に少しかかっていて。

すーっと筋の通った高い鼻に、艶っぽい唇。肌は白く、シミひとつない。

芸能人……？

モデルさん……？

そう疑ってしまいそうなほど整った顔をした彼は、光の粉を浴びているかのように輝きを放っていて、私の目は彼にくぎ付けになってしまう。

私は男の子が苦手だけど、そんなことを忘れるほど美しく、目が離せなかったのだ。

かっこいいのはもちろん、綺麗って形容するのがぴったり。

こんなオーラのある人、見たことない……！

「お前……壊したのか？」

薄くて綺麗な唇が、思わぬ言葉を放った。

コ・ワ・シ・タ・ノ・カ。

…………へっ？

「い、いいいいえっ、ち、違いますよっ……！」

私は両手を前に出して、左右に激しく動かすけれど。

「だって、これ」

　ブローチを見つめながら首をかしげる彼の疑問は間違って
ない。

　彼の手の中には取れたブローチ。

　状況証拠はそろってる。

　違うなんて言い訳は通らないよね。

　……どうしてこんなことになっちゃったんだろう。

　私はほんの少し触れただけだったのに。

　そう、汚れをとろうと思って……。

「わざと、じゃないん……です……っ」

　かすかに震える声。

　彼の目をじっと見つめ、嘘じゃないと訴えた。

　ああ……編入早々、大変なことをしでかしちゃった。

　もしかしたら、退学させられるかも。

　お母さんたちはもう海外だし、そしたら私、行くところ
なくなるっ……。

　修理代は何十万？　いや、何百万かも。

　もちろん私に払える額じゃない。

　死んでお詫びを……目にはみるみる涙がたまってくる。

　とその時。

「やあ、一条くんじゃないか」

　背後から太い声が聞こえて振り向けば、さっき会ったば
かりの学園長。

　片手を上げながら、にこやかに近づいてくる。

　ま、まずいっ！　と思った時にはもう遅かった。

「……ん？　それは……」

　学園長の目線は、イケメンさんが持っている壊れたブローチへ……。

　ちーん。

　頭の中では終了を告げる音が。

　……終わった。

　頭の中はぐちゃぐちゃで整理できてないけど、とにかく謝らなくちゃ。

　意を決して口を開こうとすると、

「僕が壊してしまいました。申し訳ありませんっ」

　先に言葉を発したのはイケメンさん。

　学園長に向かって深々と頭を下げたのだ。

　折り目正しく、90度に折った腰。

　そんな様子に私はポカンとする。

　え……どうして？

　混乱した頭がさらに混乱するけれど、私も遅れて頭を下げた。

　悪いのは私なんですっ……！

　心の中で叫びながら。

　頭上にカミナリが落ちてくるのを覚悟していると。

「ふたりとも頭を上げなさい」

　意外にもやわらかい声におそるおそる顔をあげれば。

「じつはこれは元々壊れていてね、私が接着剤で止めていただけなんだよ。やっぱり接着剤ではダメだったか、わーはっはっはっ」

　そう言って、人のいい顔で笑い出したのだ。

　え？

　壊れてた？

　イケメンさんも驚いたのか、少しキョトンとした顔で私を見たあと、

「そうだったんですか。それなら安心しました」

　学園長の手に、ブローチを渡した。

　もうそれは私の言葉。ほっとして肩をなで下ろした。

　これで、生き延びられる……。

　ゴミに見えたのは、きっと接着剤の一部だったんだ。

　誤解だったとしても、罪をかぶってくれようとした彼をこのままにする訳にはいかず。

「……すみません。汚れかと思い、つい手が伸びてしまいました。汚れだとしても、触れてしまったことは、本当に申し訳ありません」

　正直に話して謝ると。

「ああ、接着剤のカスがついていたよね。私も気になっていたんだが、まあ大丈夫だろうと思って。大雑把な性格なんだよ、私は。あはははは〜」

　そう言って盛大に笑う学園長。

　ここは笑うところ……？

　イケメンさんも朗らかに笑っているから、私もぎこちなく笑顔を作った。

「それにしても、今まで誰も気にも留めなかったのに、今日編入してきたばかりの君が気づくとは、やっぱりさすが

だな」

　今度は真面目な顔つきで、大きく頷く学園長。

　そんな学園長の言葉に、イケメンさんが私に視線を流した。

「……編入生？」

　小さい声でつぶやくのが聞こえ、そうなんですと、私は頭を軽く下げる。

　褒められることでもないのに、なんだか恥ずかしい。

「ところで、始業式前にふたりが会えてよかった。これから仲良くしてもらわないといけないからな」

　それはどういう意味……？

　なんて聞く暇もなく、学園長は意味深な笑みを浮かべて去っていった。

　学園長の姿が完全に見えなくなると、私はイケメンさんに向き直り、頭を下げた。

「あのっ、どうもありがとうございました！」

　見ず知らずの私を助けようとしてくれて。

　内面までイケメンすぎて、こんな人がほんとうに世の中に実在するんだ、って大げさじゃなくて思った。

「俺はなにも。それに、壊したんじゃなかったんだから。俺こそごめん、早とちりだった」

「いえっ！　私、もう生きた心地がしなくて……」

「フフッ」

　整った顔が綺麗に緩む。

　寸分の狂いもなく設計された彫刻のような顔だな、と思

う。

「学園長に褒められるなんてそうそうないことだよ。さすがうちの学校に編入してくるだけのことはあるな。ところで何年？」

「今度、2年生になります」

「へー」

　イケメンさんは何年生なんだろう？

　図々しく質問するのも悪いと思って聞けなかったけど、その反応じゃ先輩なのかも。

　同じだったら、「あ、同じだ」とか普通言うよね。

「あの、お礼になにかさせてください」

　やっぱりこのままじゃ私の気が済まなくて、彼にそう申し出た。

　なにか……と言っておきながら、ジュースをおごるとか、そのくらいしか思いつかないけど。

「礼なんていらないよ」

「ダメですっ！」

　きっぱり言い切ると、イケメンさんは少し驚いたような顔をして、私にジッと視線を落とす。

　私、昔から強情だって言われることがあるんだ。

　見た目はおとなしく見えるから、意外ってよく言われてたっけ。

　こうして見ると、イケメンさんはものすごく背が高かった。

　私が153㎝であまり高くないのもあるけど、きっと180

㎝は超えてるんじゃないかな。

「なんでも……？」

　吸い込まれそうなほどキレイな瞳。

　こんなふうに直視するのも贅沢(ぜいたく)なほどのキレイな瞳に自分が映っていることすら、おそれ多いけれど。

「えっとぉ……」

　そんなふうに言われると、ちょっとしり込みしちゃう。

　だって、ブランド品を買ってこいなんて言われたら無理だし。

「じゃあ……考えとくよ」

「えっ……」

　考えるほど、すごいことを要求されちゃう？

　違う意味で冷汗が出てくる。

　……そうだよね。

　ここに通う人はきっとみんなお金持ち。

　彼の醸(かも)し出すオーラを見れば、私みたいな凡人じゃないってことは一目瞭然(りょうぜん)だ。

　ジュース……なんて幼稚な発想にはならなくて当然。

「名前は？」

「あっ、申し遅れました。来栖寧々です」

「寧々、ね」

　──ドクンッ。

　艶っぽい唇から、寧々、なんて呼ばれたものだから、心臓が軽く跳ね上がる。

「俺は、一条刹那」

　わぁ……ステキな名前。

「いちじょう……せつな……」

　名前を反芻すれば、ふっと口もとを緩める彼。

　その甘い笑顔に、また胸が小さく跳ねた。

　勝手に体が反応しちゃうの。

　私、どうしたんだろう……。

　トクトクトクトク……。

　胸に手を当てなくても感じるほどの鼓動が、体中に鳴り響いている。

　その時、ふわっと暖かい風が開け放した窓から流れてきて、彼の髪を揺らした。

　太陽に照らされたサラサラの髪はとてもやわらかそうに映る。

　あまりにキレイで、ぽーっとしちゃう。

「俺のことは、刹那でいい。みんなそう呼んでる」

「は、はい……」

「それと、同級生なんだから敬語もいいよ。わからないこともあったら、俺に聞けばいい」

「はい……、っ!?」

　……って、同級生だったの?

　目を白黒させる私に、クスクス笑う彼。

　同級生だとしても、こんな素敵な人のことを、慣れ慣れしく名前で呼んでいいのかな?

　でも、知り合いがいない地へ飛び込む身としては、男の子でも知り合いができるのは心強い。

「な？」

「……う、うん、わかった」

　だからお言葉に甘えて、そうさせてもらうことにした。

「あっ……」

　ふと、彼の目線が私の頭上に流れて。

　そのまま手が伸びてくるから思わずビクッと肩をすくめた。

　髪の毛に触れられている感じがする。

「……桜の花びらがついてたよ、ほら」

　見せてくれたのは、薄紅色の桜の花びら。

「ほんとだ……」

　さっきの風で舞った桜が校舎の中へ入って来たみたい。

　絨毯の上にも、２、３枚の桜の花びらが落ちている。

　刹那くんはそれを手のひらに乗せると、ふーっと優しく吹いた。

　踊るようにして、ゆっくり落下する花びら。

　刹那くんのしぐさのひとつひとつが絵になって、くらくらしそう。

「やっぱり決めた」

「な、なにを……？」

「なんでもいいんだよね？」

　それは、お礼のことかな？

「あっ、うん。……私にできることなら……」

　そう言ったのは私だから。

　すると、突然視界が遮られて真っ暗になった。

　えっと……これは……？

　甘い香りいっぱいに包まれてる今の状況がよくわからない。

　どうして私は抱きしめられてるの？

「お前が、ほしい」

「…………」

　そ、それはいったいどういう意味……!?

　パニックでなにも言えずにいると、ふたたび。

「俺のに、なってよ」

「えっとお……」

「だめ？」

　眉毛をわずかに上げて尋ねてくる彼に、私はただ口をパクパクするだけ。

　俺のって、どういう意味？

　キョトンとする私に、さらにありえないことを告げた。

「絶対俺のにするから。じゃあ、また」

　刹那くんはやわらかく微笑むと、呆然とする私を置いて歩いて行った。

豪華な寮へ

　私、夢でも見てた……？

　窓の外には、ゆらゆら舞い散る桜の花びら。

　そうだ。

　夢心地みたいな空間で、私は夢を見ていたんだ。

　よく考えれば、初対面の私に本気であんなこと言うはずない。

　刹那くんは、編入してきて不安な私に、軽いジョークを飛ばしただけなのかも。

　うん、きっとそう！

「いっけない！」

　それより、寮へ行かないと！

　寮長さんが待ってくれているのを、すっかり忘れていた。

　寮もこの敷地内に建っているらしく、もらった地図を見ながら向かうけど、とにかく広すぎて探すのが大変。

　あっちへ行ったり、こっちへ行ったり。

　しばらく歩くと、目の前に大階段が現れた。

「すごい……」

　まるで、ミュージカル劇場の舞台みたい！

　好奇心から、タタタタッと駆け上がると、

「あれー、見ない顔だねー」

　声をかけられてぎょっとした。

　気づかなかったけど、最上段に男子生徒がひとり座って

いたのだ。

　始業式は明日なのに、制服を着て棒付きキャンディーを口に突っ込んでいる。

「……っ」

　見ない顔、って。

　生徒はたくさんいるだろうに、全員覚えているかのような言い方。

「しかも、かわいい」

　彼は、目の覚めるような金色の髪の毛を揺らしながら、くしゃっと笑う。

　かわいい、じゃなくて童顔の間違いでは……？

　そもそも、男の子のこういう言葉、私はうのみにしないけど。

「制服着てなにしてんの？　一般の生徒はまだ休みでしょ？」

　そういう彼だって制服だけど……。

　彼は、一般の生徒じゃないってこと？

「わ、私、今年からこの学校に編入してきてっ……今日ここについたばかりで……」

　刹那くんとはちがい、テンションが高い彼のペースについていけず、しどろもどろになる。

　やっぱり男の子は苦手だ。

　すると、彼は目を輝かせた。

「へー、キミが噂の編入生か！」

　えっ？　噂？

　私、噂になってるの？

「すっごい優秀な子が来るって聞いてたから、どんな子か楽しみにしてたんだよ。俺、神代椿。得意なものはスポーツ全般。よろしく。あ、俺のことは椿って呼んで！」

「く、来栖寧々です。よろしくお願いします」

　先生たちも含め、今日何度めかわからない自己紹介をする。

　それにしても、ここの人たちはみんな名前で呼び合うのが普通なのかな？

　寮生活をしているし、みんなファミリー、みたいな感じ……？

「寧々ちゃん？　名前までかわいいね。キミにぴったりだよ」

「……っ」

　多分褒めてくれたんだろうけど、どう返していいかわからなくてあいまいに笑う。

「照れてる顔もかわいいねー」

　さっきからかわいいを連呼されすぎて、ただからかわれてるだけなのかなって思う。

　そうだよね。私だもん。

「お近づきのしるしにこれあげる」

　椿くんは、ブレザーのポケットに手を突っ込むと、棒付きキャンディーを数本取り出した。

　私の前に、ずいっと差し出される。

　えっ……。

　差し出したままニコニコしている彼。

　へんに遠慮すると、相手が気分を害することもあるし。

「じゃあ……これをいただきます」

　特に選ばず、一番手前のキャンディーを手に取ったんだけど。

「奇遇！　俺もその味が一番好きなんだよね」

「えっ!?　じゃあ別のでいいですっ」

　一番好きなものを奪うなんて、ごめんなさいっ！

　"ピーチ"と書いてあるそれを戻そうとすると、彼は手を引っ込めて、

「そういう意味で言ったんじゃないから。好みまで似てるとか嬉しいなって話」

　にっこり笑った。

「はあ……」

　モテるだろうな、この人。直感で思った。

　少し強引だけど、全然嫌な感じはしないし。

　ただ、明るくて社交的な性格なのだと思う。

「で、どこに行こうとしてたの？」

「寮に行きたいんですけど、ちょっと迷ってしまって……」

「そうなんだ。だったら俺が案内するよ」

　ぴょんと立ち上がって階段を下りた椿くんは、おいでおいでと手招きする。

　それから、親切な椿くんに連れられて、無事に寮に辿り着いた。

「ここだよー」

　軽い口調で椿くんが示した建物を見て、私は声が出なく
なった。

「ははは、首、折れちゃうよ」

「だ、だって、これが寮……」

　まるで高級ホテルのような建物だったんだもん。

　ぱっと見、何階建てかわからないくらい高く、椿くんの
言う通り一番上を見上げてたら首が折れちゃいそう……。

「ここに全生徒が住んでるからね。入って西側が女子寮で、
東側が男子寮って分かれてるんだ」

　なるほど。全員が入れる寮だもんね。

　男女建物は一緒で、中で分かれてるんだ。

「あ、蘭子さん！」

　椿くんは、寮の前に立っていた女の人を見つけると手を
振った。

　寮に着いたら寮長さんが案内してくれると言われていた
んだけど、あの人が寮長さんかな？

「神代くんが連れてきてくれたの？　ありがとう」

　フェミニンな巻髪を揺らしたその人は、目鼻立ちがはっ
きりした美人さん。

　年は、20代真ん中くらいかな？

　寮長さんって、お母さんくらいの人を想像してたから、
あまりの若さにびっくりした。

「お待たせしました」

　小走りで近寄って、ぺこりと頭を下げた。

「あなたが来栖さんね？」

「はい、どうぞよろしくお願いします」

「待ってたわ。疲れたでしょ」

「いえ……」

　イケメンさんに見られるのもドキドキするけど、美人さんに見つめられてもドキドキする。

「じゃー、俺はこれで。またねー寧々ちゃん！」

　椿くんは私を蘭子さんに託すと、手を振って寮を出て行った。

「ふふっ、ここに来て早々神代くんに会うなんて。彼のペースに圧倒されなかった？」

「えっ、ま、まあ……」

「あの子はとにかく明るいの。ちょっとマイペースなところもあるけど、すごくいい子なのよ」

「はい。私、正直男の子が苦手なんですけど、さっきから会う人はいい人ばかりでほっとしてます」

「えっ……男の子、苦手なの？」

　ぎょっとしたような目を向けてくる蘭子さん。

「は、はい……。前の学校も女子高だったので、男の子との関わりも全然なくて。中学の時も、クラスの男子とはほとんどしゃべらず３年間終わりました……」

　恥ずかしいけど、初恋もまだ。

　どうしても、男の子の前だとソワソワしちゃって自然に話せなくなるの。

　そんなんだから、箱入り娘って友達から言われることもあった。

「……大丈夫かしら」

　蘭子さんは気まずそうな顔をして、頭を抱えてなにかぼそぼそっと言っているけど、よく聞こえない。

「なにか……？」

「う、ううんっ、なんでもないわ、こっちのこと。さ、行きましょう」

　慌てたように私の背中を押しながら、入り口のドアをくぐる蘭子さん。

　……なんだろう。

　ちょっと濁されたような……。

　きっと気のせいだよね！

「うわー……」

　一歩入ってまた驚いた。

　エントランスの天井は吹き抜けになっていて、外観だけじゃなくて中も高級ホテルみたい。今日は驚きの連続だ。

「ふふっ、すごいでしょ」

「は、はい……」

「この学園の寮も、売りのひとつなのよ。地下にはいろんなスポーツを楽しめる施設もあるし、１階にある食堂もバイキング形式ですごく好評なの。みんな親元を離れてさみしい気持ちもあるだろうけど、快適に楽しみながらここでの生活を送ってもらえるようにっていう白凰学園からのプレゼントみたいなものよ」

　目を細める蘭子さんは、ちょっとお母さんみたい。

　若いから失礼だけど、寮長さんっていうだけあって包容

力がありそうだし、一瞬で頼りになりそうな人だなって思ったもん。

「聞いてるだけでもワクワクしてきました!」

たしかに、ずっとここで生活するのはさみしい気持ちもある。

でも、こんなにすごい設備が整っていたら、さみしい気持ちもまぎれそう。

早くも、ここの生活が楽しみになってきた!

左右に自動ドアがあり、ここからは男女ちゃんと分かれている。

女子は西側って言ってたよね。

自然とそっちの方へ足が向かったんだけど、

「こっちよ」

蘭子さんが進むのは、正面。

よく見ると、正面にも自動ドアがあり、蘭子さんは手慣れた様子で手首に巻いた"リストキー"と呼ばれるバンドをかざした。

それは鍵みたいで、私もさっき学園長からもらったばかり。

ピッと音が鳴り、開く自動ドア。

椿くん、西側って言ってたのになあ。

不思議に思いながら案内されるままついていくと、すぐにエレベーターに乗り込んだ。

「これから寧々ちゃんのお部屋に案内するわね」

「……はい」

　ここからも行けるのかな？

　とくに疑問も持たなかったんだけど。

「えっ」

　エレベーターのボタンは、1階と10階、それから地下1階の3つしかなく。

　蘭子さんは、迷いもなく10階のボタンを押す。

「10階……？」

　思わずつぶやくと、蘭子さんはクスっと笑って。

「そうよ。高いところは苦手？」

「いえ、大丈夫ですけど……」

　もしかして最上階？

　普通、最上階ってホテルではいちばん高い部屋があるイメージ。

　そうか。寮は外に近い方がきっと人気なんだ。

　その方が早く出入りできるもんね。

　編入生だからそこしか空いてなかったのかも。

　そう納得して、ノンストップのエレベーターに身を任せた。

「……ここ、ですか？」

　10階について案内された部屋は、イメージしていたのとまったく違った。

　事前に聞いていた主な部屋は4人部屋だったし、2段ベッドが部屋の両脇にあって……というのを想像していたのに、目の前には広いリビング。

　家具もおしゃれだし、テレビだって家にあるものよりう

んと大きい。

　どこで寝るの……？

　見渡すと、リビングの奥にいくつか扉があるから、そこが寝室なのかも。

「寧々ちゃんは今日からここで５人でルームシェアすることになってるのよ」

　５人？

　それはまたびっくりだ。

　しかも、こんなに広いところで。

「楽しみです。早くみんなと友達になれたらいいなあ……」

　私は料理が得意だから、たまにはみんなにふるまったりしたい。

　基本、食事は１階にある食堂でとるらしいけど、キッチンもあるから自炊しても構わないと聞いている。

「そ、そうね……」

　ん？

　蘭子さんの目が泳いでるのは……うん、気のせいだよね！

「私、お弁当を作って持っていきたいんですけど、外に買い物には行ってもいいんですか？」

「あらそう、じゃあ、適当に後で冷蔵庫に材料を詰めておくわね」

「ええっ、そんなことまでしてもらうわけにはっ！」

「いいのよ、それは当然のことだから」

　……それも、ここでの生活を楽しむためのプレゼントな

のかな？

　蘭子さんに案内されたダイニングキッチンはすごく広かった。

　みんなでご飯を食べるテーブルは円卓で、フレンチレストランみたいに白いクロスがかけられている。

「あの……どの部屋もこんなに素敵な造りなんですか？」

　あまりの仕様の豪華さに、疑問が湧く。

「んー、まあ、それはそのうちわかるわ」

　さっきから、言葉の端々になんとなく違和感を覚えるんだけど……。

　自分から突っ込むこともできずに、部屋の説明をしてくれる蘭子さんについていく。

「寧々ちゃんの部屋はここよ」

　ひとつのドアを開けられてまたびっくり。

　二段ベッドはどこ？

　しかも部屋はとても広く、ベッドや机など、必要なものはすべてそろっていた。

　けれど、どう見てもひとり分。まさか個室⁉

　いよいよおかしい。

　いくらこの学園がすごくたって、ひとりひとりこんなに素敵な部屋が用意される？

「なにかあったらいつでも連絡してね。この部屋の電話の５番を押せば私のスマホにつながるから、じゃあ、疲れたでしょ。私はこれでっ」

　そんな疑問をぶつける暇もなく、蘭子さんは口早にそう

言うと、部屋を出て行ってしまった。

　あ……行っちゃった。

　ほんとうにここ、私の部屋でいいのかな。

　部屋の真ん中には、家から送った段ボール2箱もちゃんと届いていたから間違いはなさそう。

　この部屋は最上階だからか、日当たりもよくとても暖かい。

　窓からは敷地内が一望できて眺めもバツグン。

　学園についた時に驚いたあの噴水もよく見える。

「疲れたなあ……」

　今日はここへ来てからいろな人に会って、緊張しっぱなしだったもん。

　私はベッドに寝転んでみた。

　スプリングが沈みこみ、体を心地よく受け入れてくれる。

　家のベッドよりも寝心地いいかも。

『お前が、ほしい』

　ふいに刹那くんの言葉がよみがえって、体にボッと火がついたように熱くなった。

　いったい……どういう意味だったんだろう。

　ゴロンとベッドの上を転がって熱を冷まそうとするけど、どんどん熱は上昇して。

　手を胸に当てると、鼓動がはっきりわかるほどドキドキしている。

　ドキドキしたのは、刹那くんが類まれな美少年だったからだ。

　キレイな蘭子さんを見てドキドキしたのと同じだよね。

「ああ……眠い」

　そんなことを考えていたら急に瞼が重くなって、私はいつの間にかベッドで寝てしまった。

ルームメイトはまさかの？

「……あ、れ？」

　目を開けると、あたりは薄暗かった。

　慌てて起きて、部屋の電気をつける。

　備え付けの時計を確認すると、もう6時を回っていた。

「たいへん、寝すぎちゃった！」

　さすがにルームメイトのみんなも帰ってきてるよね？

　ちゃんと挨拶しないといけないのに、しょっぱなからやらかしちゃった。

　あたふたしながら髪や身なりを整えていると。

　部屋の外から声が聞こえてきた。

「……え」

　だけど、おかしいの。男の子の声がするんだもん。

　……どういうこと？

　しかも、ひとりじゃなくて何人かいるみたい。

　もしかして、不審者（ふしん）？

　ばっくんばっくん……。

　心臓（しんぞう）の音が速くなっていく。

　だけど、こんなセキュリティー万全の寮に不審者が入るなんてありえないよね？

　この部屋はオートロックだし、入るのだって、指紋認証（しもんにん）だったのに。

　念のために、枕を抱えておそるおそるドアを開けた。

「マジかよー」

　声が一段と大きくなる。間違いなく男の子だ。

　だけど不審者だとしたら、こんなに堂々と話す?

　廊下を真っ直ぐ進みリビングに行くと、そこには3人の男の人がいた。

　私に気づいた彼らは、ピタリとおしゃべりをやめる。

「…………誰?」

「……っ、きゃあああああああっ!」

　それはこっちのセリフです!!!

　私は彼らにめがけて思いっきり枕を投げつけ、いそいで部屋へUターンした。

　——ガチャリ!

　部屋の鍵を閉めて、息をひそめる。

　ちょっとどういうこと!?

　どうして女子の部屋に男子がいるの!?

　——コンコンコン!

　ビクッ!

　部屋のドアが強くノックされ、心の中で「ひゃあっ」と声が出る。

　ベッドの上に逃げて膝を抱えて丸まった。

「ねえねえ、出てきてよ」

　続けて聞こえてきた声に、心の中で反撃する。

　……絶対に出るもんですか。

　……こんなに堂々と人の寮に入り込んでおいて。

「なにか誤解してるみたいだけどさ、べつに俺ら怪しいも

んじゃないから」

　知ってるもん。

　不審者は自分のことを怪しいって言わないの。

　だけど次の言葉に、私は顔を上げた。

「ねえ、もしかしてキミ、寧々ちゃん？」

　やだこわい！

　どうして私の名前を知ってるの？

「そうだよね？　ほら、今日寮まで案内した俺、椿だよ！」

　椿……くん？

　今のところ、この学園で生徒の知り合いはふたりだけ。

　刹那くんと椿くん。

　そのひとり、椿くんがドアの向こうにいる……？

　なにがなんだかわからないけど、私はおそるおそる鍵を開けて、ドアの隙間から顔を出した。

　そこから見えたのは…………え？

「ほらあ、やっぱり寧々ちゃんだ」

　大階段でキャンディーをくれて、ここまで案内してくれた椿くんに間違いない。

　明るい笑顔は相変わらずで、やっぱり棒付きキャンディーをくわえていた。

　……どうして椿くんがここに？

　思わず気が緩んでドアノブから手を離すと、外側から大きく開けられて、私の姿は男の子たちの前にさらされた。

「わっ……」

　椿くんの他にもふたりの男の子。

　そして……もっとびっくりしたのが。

「せ、刹那……くんっ」

「なに、刹那も知り合いだったの!?　さすがー」

　刹那くんの隠しようもないオーラは昼間と同じで、思わず胸がドキンと反応する。

　刹那くんの反応はというと。私を見ても真顔で突っ立ったまま。

　まさか、覚えてないとか、ナイよね？

「寧々ちゃんもこの部屋なんだ」

　にこやかに問いかけてくる椿くんの言葉に、私は首をかしげた。

　寧々ちゃんも。

　"も" ってどういうこと？　まるで、自分たちもこの部屋に住むみたいな言い方。

　ようやく刹那くんは、眉を寄せて険しい顔で口を開いた。

「お前……もしかして、ローズなのか？」

　ローズ？

　なんだろう、それ。

「マジで？　てか誰この子」

　そう言ったのは、とがった目をした妖艶な雰囲気のあるとても大人びた男の子。

　赤い髪の隙間から覗くのは、銀色のチェーンピアス。

　口調もどこか投げやりで、椿くんとは違い怖さを感じて。

「じゃ、じゃあっ」

　私は思いっきりドアノブを引いて、ドアを閉めた。

　椿くんに刹那くんまで……いったいどうしてこの部屋
に？
「そうだ、蘭子さん！」
　なにかあったら電話して、と言われたのを思い出し、受
話器を取って５番を押した。
　蘭子さんはすぐ電話に出てくれて、
「あのっ！　部屋に男の子が……っ」
　呼吸もままならない勢(いきお)いで言うと、
「寧々ちゃん、ちょっと落ち着いて」
「落ち着いていられないですよ！」
　刹那くんも椿くんも、いい人っていうのは少し会った
だけでわかったけど。
　女子寮のはずなのに、堂々とここにいる意味がわかんな
いんだもん。
　とにかく、すぐに来てくれるという蘭子さんを信じて、
部屋の中で待つ。
「ねー、開けてってばー」
「嫌(いや)ですっ……！」
　その間にも、ドアを開けさせたい椿くんと、絶対に開け
たくない私との攻防は続く。
「あー、蘭子さん！」
　しばらくすると蘭子さんが来てくれたようで、向こう側
で話している声が聞こえた。
「寧々ちゃん、開けてくれる？　私だけが入るから」
　当たり前です！

　心の中で叫んで鍵を開けると、蘭子さんが入って来た。

　流れで入ってきそうになった椿くんを押し出すようにして。

「蘭子さん、これは一体どういうことですか？」

　涙目で訴える私にはほぼ希望はない。

　蘭子さんだって、ここに男の子がいることを全然不思議がってないのだから。

「あのね……」

　蘭子さんの説明に、私は驚愕した。

　なんと、私以外の４人は全員男の子なのだそう。

　みんな同級生で同じクラスになるんだとか。

　しかも、蘭子さんも高校時代この部屋を使っていたと聞いて驚く。もちろん、男女同室で。

　男の子と同じ部屋なんて聞いてない――！

　私は大パニック。

「男女同室っていっても、個室はあるわけだし。ルームシェアって考えてくれたらいいと思うの」

　なだめるように言う蘭子さんの説明には、到底納得できない。

「私っ、ここで過ごす自信ありません……」

　この学校、どうなってるの？

　綺麗で、設備も整っていて、快適に過ごせそうで最高だと思ったのに。

　まさか、男の子と同じ部屋だなんて。

　ことごとく、蘭子さんと会話がかみ合ってないと感じて

いたのは、そのせいだったんだ。

「そう思うのは最初だけよ。みんな本当に素敵な男の子た
ちだから安心して？　なんたって、この学園のエリート集
団なんだから」

「エリート、集団……？」

「そうよ。白凰学園のトップ４って言ったらわかりやすい
かしら。学園長にも認められた４人だから、なにも心配す
ることはないわ」

　私の両肩に手を乗せて、目を見つめて真剣に訴える蘭子
さんは嘘をついているとは思えないけど。

「だからって、男の子には変わりないじゃないですか……」

　私は斜めに視線を落とす。

　赤い髪の人、見た目が怖かったし。

　トップ４って、そもそもなんのトップなんだろう。

「寧々ちゃんの不安はわかるけど……なにも始める前から
できないって決めるつけるのもよくないわ。もーし、過ご
してみて不都合があれば、女子寮に移動するっていうのは
どう？」

　え？

　今、女子寮って言った？

　目を見開いた私に、蘭子さんは、しまったというように
目をつむる。

「女子寮って……ちゃんとべつに女子寮があるんですよ
ね？」

「ま、まあ、そうね……」

　そう言えば、椿くんも言ってた。建物を入って西側が女子寮だって。

　西側へ入らなかった時点で、やっぱりおかしかったんだ！

「あの……、確認なんですけど、男女同室って……ほかには……」

「えっと……まあ、ここだけよね……」

　目を泳がせる蘭子さん。

「なっ……！」

　もう頭がくらくらしてくる。

　意味わかんないよ。

「だったら私も女子だけの部屋に行かせてくださいよ〜」

　すがりついてたのみこむけど、蘭子さんは困ったように笑うだけ。

「ね、今日は疲れたでしょ？　明日は始業式だし、話はまたゆっくりしましょう？」

　うまく言いくるめられ、私は力なく頷いた。

　結局。私はその日、ドアを開けずに一晩を過ごした。

　目覚めたら朝の５時。

　夜明けもまだで、部屋の外も静か。

　リビングでは夜遅くまで話し声が聞こえていたけれど、日付が変わった頃には静かになって。

　私もいつの間にか寝ちゃっていたみたい。

　昼寝もしたから、早く目が覚めたんだ。

「はあ……」

　共学に通えば、それなりに男子との接触は避けられない
のはわかっていたけど。

　これはあまりにも……。

　グ————……っとお腹が鳴った。

　そうだ。

　結局夕飯も食べてないし、お風呂にだって入ってない。

　ドアを開けて、忍び足でリビングへ向かった。

　ソファで誰かが寝ていたらどうしようかと思ったけど、
3人ともちゃんと部屋に入ってるみたいでほっとする。

　しっかり脱衣所に鍵をかけて、シャワーを浴びた。

　無事にシャワーを終えて、制服に袖を通す。

　オフホワイトのブレザーに、ベージュのスカート。

　海外の有名デザイナーがデザインした制服でとっても可
愛く、昨日この制服に袖を通した時はうきうきしていたの
に。

「はあ……」

　今日はため息しか出ないよ。

　グ————……。

　またお腹が鳴った。

　さすがにこの時間はまだ食堂は開いてないだろうし、な
にか食べるものはないかとダイニングルームに向かう。

　何気なく冷蔵庫を開けると、

「うわ、すごい……」

　昨日見た時には飲み物や果物しか入っていなかったの

に、いろんな食材が入っていた。

卵やベーコン、キャベツにシイタケ、お肉やお米も。

蘭子さんが手配してくれたみたいだ。

「これならなんでも作れそう」

ご飯を炊いて、その間にお弁当用のおかずをパパッと作る。

今までも、お昼は自分でお弁当を作っていたんだ。

ここは学食も充実しているみたいだけど、まだよくわからないし、友達ができたらまたどうするか考えよう。

おかずを作りながらつまんでいると、お腹も満たされた。

それから部屋にもどり、出かける準備をしていると、どこかで音がした。

え、もうみんな起きてきちゃった……?

その前に部屋を出ようと思ってたのに、計画失敗……?

けれど、音のでどころはもっと別のところ。

耳を澄ませてみると、さっきいたダイニングの方からだ。

ダイニングのドアを開けると、その光景に驚愕した。

ホテルの従業員のような格好をした人たちが数人いて、テーブルの上に朝食を配膳していたのだ。

なにこれ……?

私はドアに手をかけたまま固まると、ひとりの女性が私に気づき声をかけてきた。

「おはようございます。もうすぐ朝食の準備が整いますので」

「は、はあ……」

　おはようございますって返す余裕もなかった。

　食事は、1階の食堂へ行くんじゃないの？

　ここの人たちはこんな贅沢な暮らしをしているの？

　高校生だよね!?

　次第に、焼きたてのパンやコーヒーのいい香りが漂って
くる。

　椅子は5つあるけれど、食事の数は4人分……というこ
とは、きっと私の分はないよね。

「し、失礼しましたっ……！」

　私はバタンとドアを閉めて、寮を出た。

LOVE♡2

始業式

　しばらく学校の敷地内を散策して、寮から続々と生徒たちが出てきた頃、私もまぎれて校舎へ入った。

　クラスは昨日のうちに聞いていた。

　——2年S組。

　SっていうのはスペシャルのSらしい。成績上位の人が集められるクラス。

　どうやら、編入試験の成績がよかったみたい。

　試験は、学校じゃなくてホテルの会議室みたいなところで行われ、緊張して実力が発揮できたか不安だったのに。

　5階建ての校舎は、エスカレーターもついていて、セキュリティーも万全。

　どの教室に入る際も、ドアが閉まっている場合は腕に巻いたリストキーをかざして鍵を解除しないと入れないシステム。

　寮の中央エレベーターを使うために開ける自動ドアも、このリストキーが必要だから、他の生徒は絶対に10階にはあがってこれないということだ。

　普通に考えたら、不審者が入ってくることは絶対にないや……。

　昨日のうちに、教室や座席も案内してもらっていたから、迷わずS組へ向かった。

　優秀な子たちがたくさんいるんだろうな。

　友達、できるかなあ。

　ドキドキしながら教室へ入る。

　ぽつぽつと席に座っている子もいるけれど、いくつかの輪がもうできあがっている。

　クラス替えがあっても、みんなは顔見知りだもんね。

　私も遅れをとらないように早く友達を作らなきゃ！

「そういえば、始業式で発表されるんだよね」

「絶対に妃花が選ばれるに決まってるよ」

　そんな会話に耳を奪われた。

　一番大きい女子の輪で、中心にいるのは、絵に描いたような可愛い子。

　毛先はキレイに巻かれ、黒目が大きくぱっちりしていて、目力が強い。

　育ちも頭もよさそうな顔で、クラスで一番影響力のある子なんだと直感で思う。

　プリントで確認すると、彼女の名前は琴宮妃花さん、というらしい。

　ところで、なにが発表されるんだろう？

「絶対にそうなるって」

「うん、だって毎年S組から選ばれるんだし」

「そしたらもう妃花しかいないよね？」

　そう言った子が、クラスを見渡して。

　他の子たちも見渡して。

「まだわからないわよ。だって、ほら……」

　琴宮さんが目を向けた先には、席に座って本を読む女の

子。

　綺麗な黒髪が垂れる背中をピンと伸ばして、いかにもまじめそうな子。

　あの子も、発表の候補者なのかな？

　ものすごくライバル視した視線が、はたから見てもわかる。

　すると、すぐさまフォローに走る女子たち。

「ううんっ、妃花に決まってるよ！」

「あの子は社交性に欠けてるもんね」

「なんてたって、地味だし！」

　わわっ。

　それって悪口じゃ……。

　あの子……と言われた子は、聞こえていないのか、まったく反応することなく本に目を落としている。

「おっはよー」

　その時、明るい声で男の子が教室に入って来た。

「神代くんおはよー」

「おはよ～」

　口々に挨拶を返されているのは、椿くんだった。

　うわぁ。

　私は思わず体をくるりと180度反転させた。

　……そうだ、蘭子さんが言ってたっけ。

　あの部屋にいる人たちは、みんな同じクラスだって。

　そーっと顔だけを振り向かせて観察していると、いろんな人と気さくに挨拶を交わしている。

すでにクラス全員と知り合いみたいな感じ。

私に会った時も、見ない顔だねって言われたし、きっと顔が広いんだろう。

金色の髪色が、より彼を軽やかに見せる。椿くんにはよく似合っている。

「あ、いたいた！」

すると、私とバチっと目が合ってしまい、これまたよく通る声を上げながら、椿くんはこっちへやって来た。

早速見つかっちゃった！

ぼんやり観察してる場合じゃなかったっ。

今更俯いたって無駄なのはわかってるけど、反射的に下を向く。

「昨日はごめんねー、驚かせちゃって」

話しかけられたら無視はできなくて。

顔をあげたら、私に向けられた視線は椿くんのものだけじゃなかった。

ほぼ全員。クラス中の視線を浴びていた。

ひゃっ……。

そのどれもが怪訝そうな目。

……ですよね。

編入生の私を知ってる人なんて、誰もいないんだから。

「う、ううん……」

そんな視線を気にしながら首を横に振れば、

「今朝もいなかったからびっくりしたよ。職員さんたちに聞いたら、すごく早く部屋を出て行ったっていうし」

「あー……うん……」

　椿くん、声の音量を下げてください……っ。

　部屋、なんて。

　いろいろカン違いする人が出そうなワード。

　その通り、集まる視線がどんどん険しいものになっていく。

「今夜はゆっくり──」

「あああああのっ」

　そのまましゃべり続ける椿くんにキケンを感じて、声をかぶせた時。

「きゃっ……！」

「わあっ」

　かすかに聞こえたのは悲鳴のような黄色い声。

　引き寄せられるように見ると、ふたりの男の子が教室に入ってくるところで。

　それは、赤髪の彼と……刹那くん。

　──ドクンッ。

　今日もキラキラまぶしいオーラを放つ彼は、見るなっていうのが無理なほどで、すべての視線を独り占め。

　刹那くんが入って来ただけで、教室の雰囲気もガラリと変わった気がする。

「おはよう、刹那くんっ」

　琴宮さんが刹那くんに声をかけるけど、彼はチラッと反応しただけで、そのまま自分の席に向かった。

　それですら嬉しいのか、琴宮さんはグーにした手を口元

へ持っていき、顔を崩した。

　そして、顔を赤らめて仲間とコソコソ話しながら、刹那くんをずっとチラチラ見てる。

　……琴宮さんは、刹那くんが好きなのかな。

　あれだけ可愛いんだもん、お似合いだ。

　そう思ったら、なんだか胸がモヤモヤした。

「ルカくーん」

　刹那くんにばかり気を取られていたけれど。

　別の女の子が赤髪の彼を呼ぶと、わずかに口角を上げながら近寄っていくその姿を目で追う。

　シャツのボタンをふたつはずし、ネクタイをゆるくしめて着崩した制服は、決してだらしないわけではなく、むしろ彼にはとてもよく似合っていて。

　ルカ……と呼ばれていた彼の名前をプリントで探す。

　ルカって名前だから、えーっと、……小鳥遊琉夏くんだ。

　女の子のリボンに触れたりして、ボディータッチが軽い。

　浮かべる笑顔も爽やか……とはちょっと違って、なんだか裏がありそうで。

　……ああ。

　私、本当にこの人たちと一緒に住まなきゃいけないのかな。

　ところで、あとひとりって誰なんだろう。

　この中にいるのかな。

　ぐるりと見渡すけど……わかるわけないか。

「なあ」

「……へっ？」

　気づいたら、刹那くんが目の前にいた。

「昨日は悪かったな。驚かせたりして」

「いっ、いえ……」

　突然話しかけられたことに驚いて、敬語になってしまう。

「俺たちも、寧々が同室だって知らなくて」

「あっ、う、うん……っ」

　それよりも、気になるのは視線。

　琴宮さんのグループから、痛烈な視線を感じるのだ。

　なにあの子……。

　そんな目で見られている。

「まあ……帰ったら、みんなで会議だな」

　キーンコーン……。

　そこへ救いの手を差し伸べるようにチャイムが鳴って、みんなの意識が流れた。

　胸をなで下ろしていると、みんながゾロゾロ教室を出て行くから別の不安が生まれる。

　どこへ行くの？

　どうすればいいのかわからず、椅子に座ったままキョロキョロしていると、

「寧々、これから講堂で始業式なんだ」

「えっ、そうなの!?」

　始業式っていう言葉に、私ははじかれるように立ち上がった。

　だったら私も行かないと。

　廊下に出て、人の波に沿って歩いていく。場所はわから
ないけど、みんなについていけば間違いないもんね。

　でも……隣が気になって仕方ない。

「あ、あの……」

「ん？」

「先に行って……大丈夫だよ？」

　刹那くんが、ぴったり私の横を歩いているから。

「なんで？　同じとこ行くのに」

　そう言って不思議顔をする彼は、気づいてないの？

　まるで、街中で芸能人に遭遇したみたいに、周りから羨
望の眼差しを向けられていることを。

　それとも、もうこんなのは慣れっこで、空気みたいにす
り抜けてる？

「寧々は嫌？　俺と一緒に行くの」

　おまけに、子犬のような目で見つめられたら。

「ま、まさか……！」

　ノーなんて言える人はいないはず……。

　結局、私は痛い視線を浴びながら、講堂へ向かった。

　講堂は、想像以上に立派なものだった。

　座席は舞台から扇形に広がっていて、観劇などのホール
みたいに一段ずつ高くなっている。

「そんなに珍しい？」

　クスクス笑う刹那くん。

「う、うん」

　その笑顔にドキドキしながら頷くと、ポンポンと頭の上に手を乗せられた。

　えっ。

　思わず肩をすくめて咄嗟に周りに首を振ろうとした。

　誰かに見られてたら困るもん。

　──グイッ。

　けれどそんな私の行動は、温かい手によって引き戻された。

「周りは気にしなくていい」

　見てるのは、目の前で柔らかく微笑む刹那くんだけ──。

　やがて始業式が始まった。

　学園長の話や、生徒会長さんの挨拶など、どこの学校でもあるような始業式。

　指定された座席から見下ろす壇上の眺めは抜群。

　段々になっているから、話している人の顔がよく見える。

　体育館の冷たい床とは違い、やわらかいクッションに守られたお尻。

　ことごとく快適な環境に、思わず瞼が落ちかける──と。

「では、今年のエクセレントのお披露目にうつります」

　司会の先生が言った瞬間、それまで行儀よく話を聞いていた生徒たちの動きがソワソワと落ち着かなくなる。

「今年も、例年通り２年生の中からエクセレントを選出しました」

空気がピン──と張りつめ、私の頭も一気に冴えた。

　……エクセレント？　なんだろう。

「では、発表します。まず総合部門第1位。2年S組、一条刹那」

「はい」

　すくっと立ち上がったのは、近くに座る刹那くんだった。

　総合部門……？　1位……？

　拍手の波の中、壇上まで歩いていく刹那くんの背中を見つめる。

　背筋をピンと伸ばしたその姿には、あるはずのないスポットライトまで見える。

「刹那くーん」

「おめでとう!!!」

　そこかしこからあがる黄色い声。

　彼の人気は、私の想像の範疇をゆうに超えている。

「続いて、芸術部門第1位。2年S組、小鳥遊琉夏」

「はい」

　その余韻もさめないまま、次に呼ばれたのは同じあの部屋に住む赤髪の小鳥遊くん。

　さすが。

　見た目を裏切らず、左右にひらひらと手を振りながら歩いていく余裕っぷり。

　一歩段を降りるたびに、毛先が遊ぶように跳ねる。

「続いて、運動部門第1位。2年S組、神代椿」

「はいっ！」

　ひときわ大きな返事をして立ち上がったのは、椿くん。

　軽快な足取りで階段を飛ぶように降り、壇上まで到達する。

　そんな姿を見送る私は、まだ状況がよく飲み込めてない。

　壇上には、刹那くん、小鳥遊くん、椿くんの３人。

　蘭子さんの言うトップ４って、これのこと？

「例年ですと、頭脳部門も選出されますが、現時点では本人の都合により保留となっています」

　ざわざわざわ。

「えー、なんで？」

「どういうこと？」

「こんなの初めてじゃない？」

　そんな言葉にまた講堂内がざわつく。横の子と顔を見合わせながら驚きに目を見張ったり、首をかしげている人も。

　そんななか、私はさっきからひとりで置いてかれてる。

「この３名に、白凰学園の模範生としてエクセレントの称号を与える」

　学園長が声高らかに宣言すると、この講堂が揺れるんじゃないかと思うほどの拍手が沸き起こった。

　私も慌てて拍手した。

　どうやら、すごい称号みたい……。

「次に総合第２位として、今年もローズがひとり選ばれます」

　とたんに、水を打ったように静かになる講堂。

　緊張感が伝わり、私までドキドキしてきた。

「妃花いよいよだね」

　近くでは、琴宮さんの隣に座る女子がそうささやき、彼女は髪の毛を整えるようにひとなでした。

　……これか。絶対妃花だよって言われてたのは。

「今年度のローズは、2年S組…………来栖寧々！」

　……シーン。

　刹那くんたちとの発表時とは違い、拍手もなく違う意味で水を打ったように静かになる。

　……っていうか。

　今、来栖寧々、って聞こえた気がするんだけど。

　私と同姓同名の人がいるの……？

「2年S組、来栖寧々！」

　もう一度、名前が読み上げられる。

　その時、担任の先生がバタバタと音を立てながら近くまで駆けよってきて。

　「行け！　行け！」と、私にジェスチャーを送る。

　え？　私？

　いったいなんなの!?

　ちょっと、意味がわからないんだけど！

　とりあえず立ち上がり、胃の中のものが逆流しそうになりながら、たどたどしく壇上まで向かう。

　壇上に登った時、一瞬刹那くんと目が合った。

　……私のほうからすぐに逸らしちゃったけど。

「今年度は、ローズ1名を含むエクセレント4名体制となります」

　足はがくがく、手はぶるぶる。

　ライトが眩しくて、座っている生徒たちの顔はよく見えなかったのが救い。

「続いて、前年度のエクセレントより、ネクタイの交換の儀式を行います」

　どんどん事は進み、私は置いて行かれる。

　壇上でキョロキョロ挙動不審な動きをしているのは私だけ。

　私の前にはとってもキレイな女の先輩が立ち、銀色のリボンを渡してきた。

　えっ?

「自分のリボンを外すのよ」

　先輩はクスっと笑い、私の首元に銀色のリボンをつけてくれた。

　刹那くんたちも、青いネクタイから銀色のネクタイに変わっている……。

「これで、無事に引き継ぎ式を終わります」

　司会の先生がそう締めると、私の隣でマイクを持つ学園長が、笑顔で言った。

「今年度のエクセレント4人に、盛大な拍手を!!!」

　——もう、意識が遠のきそうだった。

エクセレントとローズ

「一体、どういうこと？　どうして私がローズじゃないのよっ！」

　教室に入って聞こえてきたのは、琴宮さんの叫び声。

　それまで我慢していたのか、琴宮さんの口から一気に感情があふれ出す。

　綺麗に巻いた髪は、乱れてもうぐちゃぐちゃだ。

　周りの女子たちはおろおろしてる。

　私はいたたまれない気持ちで、背中を丸めながら自分の席に向かい、座ろうとすると。

「来栖さん、っていったかしら。あなたがローズってどういうこと？」

　それを阻止したのは琴宮さん。

　私の前で仁王立ちする。

「えっと……」

　そう言われても、私がわかってないんだからどうしようもない。

「ねえ、あなた編入生でしょ？　どうして編入生がいきなりローズになるの？」

「そうよ、今年のローズは妃花で確定だったはずなのに」

　周りの女子たちにも一気に責めたてられ、私はおろおろ。

　他のクラスメイト達も、不審そうな目を向けてくる。

　琴宮さんの怒りのこもった目には、涙まで浮かんでる。

　どうしようっ。

「ほらほら、なにやってんだよー」

　そこへ現れたのは、椿くん。

　凍り付いた教室に、光が差し込む。

「椿くん、ローズが編入生ってどういうこと？」

「ねえ、なんで妃花じゃないの？」

　一気に群がる女子たちを、まあまあと手でなだめるように
して、

「毎年、ローズの選出には公平性が欠けていると言われ続
けていたみたいなんだ」

　椿くんが話し出すと、みんな耳を傾（かたむ）ける。

「先生に過度な贈り物をしたり、中には金銭授受（きんせんじゅじゅ）もあると
か」

　えー、とか、うそー、なんて声があがる。

「まあ……今年の２年生でそんなことをする人はいないだ
ろうけど」

　椿くんがそこで意味ありげにいったん切ると、妃花さん
が気まずそうに目を逸らしていた。

　……ん？

「今年は、来栖さんが編入生としてやってくることになっ
た。成績はＳクラスに入るくらい優秀で、前の学校での率（そっ）
先（せん）したボランティア活動など、総合的に判断してローズに
は申し分ない。そこで、今年は彼女をローズにするのが一
番公平だ、と学園長が判断した。以上！」

　この話はもうおしまい、というようにパンと手を叩（たた）くと。

　かなりの人が納得するように頷いていた。

　椿くん、統率力がすごい。

　というか、当の本人が一番納得してないんですけど？

「じゃあ、来栖さんがエクセレントのみんなとルームシェアするの？」

　女子の問いかけに、椿くんはさらっと言った。

「昨日入寮して、もう俺たちと一緒に住んでるよ」

「うそ————！」

「そうだったのー？」

　わあっと盛り上がる教室。

　ひぃぃ————。

　そんなことまで言っちゃうの……！

　琴宮さんはなにも言わないけど、下唇を嚙みしめながら私に注ぐ視線が怖い。

　蘭子さんは、一緒に住んでみて問題があったら女子寮に行けると言っていたけど、今の話じゃそんなことできなそう。

　私、蘭子さんに騙された……？

「来栖さんはローズになるのを了承したってこと？」

　えっとお、それは……。

　了承もなにも、私はなにも聞かされてないし、寝耳に水。

　第一、これ、断れるものなの？

　なんて答えればいいのか、椿くんに視線をおくった時、

「彼女は昨日この学園に来たばかりなんだ、そんなに集中砲火を浴びせるなよ」

　助けてくれたのは、刹那くん。

　しかも、私の肩に手をまわしながら。

　……っ!?

　あ、あの……これは……。

　私はぎょっとする。

　クラスメイト達の前で……！

「これは学園の決定だ。文句があるなら学園長に直接言うように。それ以外の批判は一切受け付けない」

　すると、みんな口にチャックがついたかのように静かになる。

　なに、この雰囲気は？

「エクセレントトップの言うことは絶対だしな」

　ぼそっと言う男子の声が聞こえる。

　そうなの……？

　刹那くんの言うことはみんな聞いちゃうの？

「あっ、妃花待って！」

　琴宮さんはくるっと体を反転させると教室を飛び出してしまい、数名の女子が慌ててそれを追いかける。

「寧々はなにも心配することないから」

　肩に手を置かれたまま固まる私に、刹那くんの優しい声が届いた。

　そのあとは、担任の先生の話があったり、自己紹介をしたりと、始業式らしい日程。

「じゃあ、次は委員会決め。一条、たのんだ」

「はい」

　エクセレントは委員会に所属しないらしく、椿くんと小鳥遊くんと私は、うしろのほうでその様子を見守ることに。

　刹那くんは、みんなをまとめるために前に立って仕切っている。

　はぁ……。

　女子の皆さんからは目の敵にされちゃったみたい。

　誰ひとりしゃべりかけてくれないし、こっちから話しかけられる雰囲気じゃない。

　もう、友達を作るどころじゃなくなっちゃった。

　これからの学校生活、先が思いやられて胃が痛い……。

　私の近くでギギギギ、と音が響いた。

　小鳥遊くんが、椅子を引っ張ってこっちへやって来たのだ。

　ずいっと私の顔を覗き込んで言う。

「なあ、アンタどんな手使ってローズになったの？」

　緩やかに弧を描く口角。

　な、なにをぶしつけに。

　遠慮もなしにすごいことを言ってくる彼に、返す言葉が見つからない。

　やっぱり、彼は苦手だっ……。

「琉夏ぁー、怖がってんじゃん。もっと優しく言わないと。琉夏みたいにチャラいの、寧々ちゃんには希少生物なんだろうし」

「バカにしてんのかよ」

　フンッと鼻を鳴らした彼と同じように、椅子を引っ張ってきたのは椿くん。

　椿くんを見ると、少し安心する。

「それに、どんな手もこんな手もあるわけないだろ。彼女は昨日初めてこの学園に来たんだから」

「ふ————ん」

　けれど、小鳥遊くんはどうだろって顔で私を見下ろしながら、足を組み替える。

　なんとなく、表情や言葉の端々からトゲが見えて、胃がさらにキリキリ痛くなってくる。

「寧々ちゃん、エクセレントとかローズっていったいなに？　って感じでしょ？」

「うん……」

　正直に頷くと、クスっと笑う椿くん。

「この学園は元々男子校でね、10年前に共学になったんだ」

　椿くんは、丁寧に1からこの学園の仕組みを説明してくれた。

「男子校時代に、芸術、運動、頭脳の3部門のトップを選出して、寮の最上階に住むことができるエクセレントというポジションを作ったんだよ」

　それが、私が入ることになった部屋……？

「特待生の最上級扱いで、授業料や施設費はもちろん、寮費もタダ」

「寮の費用も⁉」

　成績によっては、授業料などが割引になるシステムは理

解していたけど、まさか寮で生活する費用まで無料になる
なんて。

「んなことも知らないの？」

　ヘラッと笑う小鳥遊くんは、私のもっとも苦手とするタイプだ。

　そんな言い方をされたら、折れかかってる心がバキッと折れそう。

　……ところで、こんな人がどうしてエクセレント？

「そのほかに、総合１位という名誉のある称号を得るものがひとり。それが刹那だ」

　椿くんは、教室の前で話し合いを取り仕切っている刹那くんへ目を向ける。

　話を聞いているようで、ぽーっと見惚れている女子もちらほら。

「その名の通り、すべてのことがパーフェクトにできて、学園長に認められた模範生ってわけ」

　なるほど。

　刹那くんなら納得。

　たたずまいもスマートだし、なにより性格もよさそう。

　あの時、とっさに罪をかぶってくれようとした彼の優しさは、作り物じゃないって断言できるもん。

「その点、俺らはまあ部門１位ってことで、そこまで求められてないから気が楽だな」

　と、小鳥遊くんが言えば、

「あまんまりノンキに構えすぎてんなよ。一応伝統あるエ

クセレントの名を汚さないようにな」

「わかってるよ。あ、俺のことは琉夏でいいよ」

　ジャラ、と。チェーンのピアスが耳元で揺れる。

　へらっと微笑まれて、私も苦笑いしながら聞いた。

「る、琉夏くんは、芸術部門っていうことは、絵が得意
……なんでしょうか」

「なんで敬語？」

「あっ……」

「俺だけ仲間外れ？　一緒に住む同士、そこは仲良くして
よ」

　なんて言いながら、仲良くしてほしそうには微塵も思え
ないのですが……。

「そうそう、こいつに敬語とかいらないから」

　椿くんはそう言うけど、

「はいもう1回」

　体育会のノリで突っ込まれ、仕方なく同じ質問をフレン
ドリーバージョンで繰り返す。

「る、琉夏くんは、絵が得意……なの？」

「そうそう、そうなんだよ」

　さっきとは違い、食い気味に返されて面食らう。

　しかも、今日一番の目の輝きだ。

　それくらい、絵が好きってことなんだろうか。

　普通の高校生っていう部分が垣間見れて、警戒心も少し
ほどける。

「すげーんだよ、琉夏の描く絵。日本のアマチュアじゃ敵

ナシで、海外のコンクールでも入選してるし」

　椿くんは、まるで自分のことのように自慢気に言った。

「すごいっ！」

　確かに、言われてみれば芸術家っぽいかも。

　格好やセンスがほかの人と少し違うというか。

　よく見ると、指がすごくきれい。器用なんだろうな。

「プロにならないかってオファーもあるのに、断ってんだぜ、こいつ」

「だって今しかできないこともあるわけじゃん？　プロになったら責任とかそういうのめんどくさいし」

　すごい！

　きっと、その道の誰もがのどから手が出るほど欲しいオファーなんだろうけど。

　断るのも、琉夏くんらしい気がした。

「こいつ、女グセめっちゃ悪いからさ、遊べなくなんのがイヤなんだろ」

「人聞きの悪いこと言ってんなよ。だって寄ってくんだもん」

　えっ……。それはちょっと……。

　こんな会話。どうコメントしていいのかわからない。

「顔真っ赤だし。その様子じゃ、男の経験ないだろ、アンタ」

「……っ!?」

　そ、そういうこと聞く!?

　ていうか、普通、ないよ、ね？

　それとも、私がおかしいの!?

　口をパクパクさせた私に、

「ふっ、そういう反応、悪くねえな」

　再びずいっと顔を寄せ、唇を少し開けて。

　赤い舌をのぞかせ、そのまま自分の唇をぺろりと舐めた。

　ひいっ！

「おい！　寧々ちゃんだけは誘惑すんなよ。こんな純粋そうな子、間違ってもお前に汚されたくねーわ。しかも寧々ちゃんドン引きしてるから」

　琉夏くんのおふざけに、椿くんがとどめを刺す。

「わーったよ」

　笑いながら足を組み変える琉夏くんは、間違っても私なんて相手にしないはず。

　もっと、色気のある子じゃないとね。

「寧々ちゃん、ほんと琉夏には気をつけてね。恋の伝道師とか呼ばれてるけど、そんな素敵なもんじゃないから」

「う、うんっ……」

　はあ……琉夏くんと仲良くなるには時間がかかりそう。

「俺は、運動部門なんだけど、足には自信あるし、たいていの競技はほとんどかじったことがあるから、大事な試合では助っ人として呼ばれることが多いんだ」

　椿くんの話にうつり、ほっとしたのもつかの間、その超人的エピソードに驚愕。

　その道一本でやってる人よりもできちゃうってこと？

　それは天才すぎる。

「私は運動が全然ダメだから、すごく尊敬する！」

「そんな感じするよな」

　遠慮もナシに口角を上げる琉夏くんは、きっとイジワルで言ってるんじゃなくて、元々ざっくばらんな性格なんだろうな……と思うことで、メンタルを保つ。

「で……。頭脳部門１位の人はどうしたんですか？」

　蘭子さんもトップ４って言ってたけど、講堂での話では、保留扱いと言っていた。

　椿くんもよくわからないみたいで、首をかしげる。

「選ばれた人が、辞退した、とか？」

「辞退できるの!?」

「辞退しようと思ってんの？」

　食い気味に反応すると、琉夏くんから的を射た返しが来て、黙りこむ私。

「つうか、辞退なんてできないんじゃないの？　てか、今までそんなの聞いたことないよ。こんなに名誉のあるポジションを自ら手放すなんて」

「じゃあ……どうして頭脳部門の人は保留なんでしょう」

　椿くんも首をかしげるこの事態は、もしかして私と同じ考えの人なのかも…！

　理由がわかれば、私も辞退できたりする？

「さあ？　そんなバカみたいなヤツの考えることわかるわけないじゃん」

　ううっ、バカって。

　仮にも、頭脳はトップの人なのに。

「なんの不満があってエクセレントの権利を放棄するって

んだよ、なあ？」

「んー、なんだろな。俺にはわかんないけど。まあ、頭よすぎておかしいってこともなくもないか、あれ？　俺なに言ってんだ？」

　ははは、と笑う椿くん。

　ところで、最大の疑問。

「あの、ローズっていうのは、いったいなんなの……？」

　一番気になっていたことを尋ねる私に、椿くんが得意気に口を開いた。

「ローズのポジションは、共学になった10年前からできたんだけど、エクセレントは元々総合2位も含めて5人いたわけで、必ずしも男が4人女がひとりってわけじゃないんだ。

　けど、このエクセレントシステムに憧れる優秀な男子が大勢入学してくるから、部門別はほぼ男子になる。だから総合2位には女子が選出されることが多いかな。その場合、ローズって愛称がつくだけのことだよ」

　なんておそれ多い。

　聞けば聞くほど、私が選ばれた意味がわからない。

「すみません……私みたいなのが、ローズ……になってしまって……。仕組みも知らないし、そもそも憧れてたわけでもないのに」

　よっぽど、なりたがっていた琴宮さんがなるのがよかったんじゃないかな。

　琉夏くんも不満そうだもんね。

　華々しい女の子が好きそうだし、琴宮さんがローズに
なったほうが嬉しかったはず。
　……刹那くんや椿くんだって……。
「さっき言ったみたいに、公平性に欠けるからってのもあ
ると思うけど、それだけ寧々ちゃんがローズにふさわしい
人物だったってことなんじゃん？　だから寧々ちゃんは胸
張って、私がローズです！って大きい顔してればいいよ」
　そう言ってくれるのはありがたいけど、到底そんなこと
できそうになかった。

不良さん……？

　そして、お昼休みになると。

「え……」

　ほとんどの人が教室からいなくなってしまった。

　エクセレントの3人も、もれなく。

　みんな、どこでお昼ご飯食べるんだろう。

　ひとりぼっちで教室でお弁当を食べるのって、勇気がいる。

　教室に残っている人たちからの視線も痛くて。

　私はカバンからお弁当を取り出すと、逃げるように教室を飛び出した。

　編入初日で、クラス全員の女子から嫌われる人って、私くらいじゃないかな。

　望んでローズになったわけじゃないのに、それで恨まれるくらいなら、ローズってポジションを琴宮さんに開け放したいよ。

　そうだ。

　ローズって、交換できるのかな？

　あとで蘭子さんに聞いてみよう。

　学園の仕組みについても詳しそうだし、あの部屋に住んでいたってことは、ローズだったってことだもんね。

　そう思ったら、少しだけ心が軽くなる。

　ぼーっと考えごとをしながら足を進めていたら、どこだ

かわからないところまで来ていた。

　とにかくこの学園は敷地が広いから、大きい公園の中を散策しているみたい。

　たくさんの緑があって、遊歩道もあって。

　休みの日は、のんびりお散歩もいいかも。

　ぽつりぽつりと人がいて、数人でお弁当を囲んでいる姿も見える。

　きゃっきゃと笑いあいながら、おかずの交換をしている。

　……いいなあ。

　私もそんな学校生活を夢見ていたんだけど。

　訳のわからないシステムのおかげで、出だしに失敗しちゃった私には、夢のまた夢になりそう……。

「はあ……」

　さっきからため息ばっかり出ちゃうよ。

　ひとりになるために、もっと奥へ進むと、空いているベンチを見つけた。

　陽も程よくあたっているし、気持ちよさそう。

　さわさわと吹く風に頬をなでられながら木々の間を進んで行く──と。

「……っとぉ……っ!?」

　柔らかいものを踏んづけてしまい、バランスを崩した。

「ひゃあっ」

　抱えていたお弁当箱が宙を舞い。

　嘘でしょおっ……!?

　──バタンッ！

　漫画みたいに、芝の上のダイブ。

　ふかふかな芝だったから、大して痛くなかったけれど。

　ああ……なんて無様。

　ふんだりけったりってこのことだ。

「はっ、お弁当っ！」

　芝についている両手を見て、お弁当がないことに気づく。

　どこに落とした!?

　慌ててキョロキョロ首を四方八方に動かした私の目に飛び込んできたのは。

　宙に浮いてるお弁当箱。

「ひゃああっ！」

　いや、正確には、伸ばした両手の中にすっぽり収まっていたのだ。

　……芝の上に寝っ転がっている男の子の手に。

「あのお……」

　生きてるんだよね？

　そろりそろりと近づいて声をかけると、するどい瞳がぎろっと動いて私を見た。

「……っ！」

　彼は気ダルそうに起き上がると「はい」と、ぶっきらぼうにお弁当箱を渡してくる。

「あ、ありがとうございますっ」

　彼のズボンには、白っぽい足あとがついている。

　それって……。

「もしかして……私、踏んじゃいました？」

　もしかしてじゃなくて絶対にそうだ。

　私が踏んでしまった柔らかいものって、この人だったんだ……！

　そうと気づいたら、冷汗がドバッと出てくる。

「ご、ごめんなさいっ！」

　私ってばなんてことを！

　人を踏むなんて、なかなかないよ。

　とにかく私は平謝り。

　彼は、深い青色の髪で、雰囲気は……不良さんみたい。

　制服の胸元は大きく開襟していてネクタイもしてない。

　かなり着崩しているし、耳には小さいピアス。

　そして、氷のように冷たい顔をしてた。

　必死に謝る私に彼は返事をするでもなく、そのまままたゴロンと横になり、目の上に腕を乗せた。

　……関わりたくないってこと？

　そ、そうですか……。

　一応謝ったから大丈夫だよね？

　私はその場をそっと離れ、ベンチに腰かけた。

　近くに彼がいるのは微妙だけど、私も早く食べないと時間がなくなっちゃうし。

　ランチクロスをほどき、両手を合わせて。

「いただきます」

　タッパーの中には、カラフルに彩られたおかず。

　卵焼きにブロッコリーにトマト。

　今日は手の込んだものが作れなかったから、素材そのも

のが多い。

　それでも、彩りよく詰めてきたのに。

「……あーあ……」

　こんな気持ちでひとりきり、学校の隅っこで食べることになるとは、思わなかった。

　箸先を口にくわえながら、ぼんやり空を眺める。

　ふと顔を横にむけると、さっきの男子生徒はまだ寝ていた。

　お昼ご飯、食べないのかな？

　手ぶらだし、食べた形跡もない。

　私はそっと近寄った。

「あのお……」

　腕をずらして、片目をあける彼は面倒くさそうに私を見た。

「……なんだよ」

　想像以上に低くて冷たい声に、一瞬ひるんだけれど、勇気を出して言った。

「お昼ご飯……食べないんですか？」

「いらねえ」

　えっ、食べないの？

　食欲旺盛なはずの男子高校生がお昼ご飯抜きなんて信じられない。

「そんなのダメですよ！」

「……あ？」

　もう片方の目も開く。

　今にも噛みつかれそうな鋭い瞳に負けずに続ける。

「母が、食べることは生きる基本と言ってました」

「……はあ？」

「人間、食べてなんぼなんです！」

　どんなに辛いことがあっても、食べることだけはやめちゃダメだって。

　それが、生きることだって。

「知らねーよ、んなの」

　彼は興味なさそうに、再び瞼を閉じてしまった。

　身長はありそうなのに、すごく細身の体。

　もしかして、栄養失調だったりする……？

　寮に住んでるんだから、食べ物には困ってないはずなのに。

「アレルギーはないですか？」

「……」

　いよいよ彼は答えてくれなくなったけど。

　私はタッパーの蓋に、おかずをいくつか取り分けた。

　そして、おにぎりもひとつ。

　もしかしたらお友達とおかず交換ができるかな？と思って、少し多めに持ってきたんだ。

「ここに置いておきますから、少しでも食べてくださいね！」

　キーンコーンカーンコーン。

　すると、チャイムが鳴った。

　編入してきたばかりで、このチャイムがなにを意味して

るのかはまだよく知らない。

　けれど、チャイムが鳴るってことは、もうすぐ昼休みが
終わることは間違いない。

　まったく起き上がる気配のない彼を横目に。

「じゃあ、私は行きますねっ」

　遅刻なんて絶対できない。

　私は校舎の方へと走って戻った。

豪華な食卓

「じゃあ、今年度のエクセレントに、改めて乾杯」

「乾杯ー！」

　刹那くんのかけ声に合わせて椿くんが声を乗せ、カチン──とぶつかり合う４つのグラス。

　寮に帰って夕飯の時間。

　ダイニングテーブルに並ぶのは、おしゃれなお皿に盛りつけられた豪華な料理。

　メインはステーキで、マグロのカルパッチョや、ポタージュスープにガーリックトースト。

　中央には、カニが山のように盛られている。

　真っ赤に茹で上げられて、まだ湯気が立っている。

　今日は始業式、そしてみんなが揃ったから、豪華な食事らしい。

　まるで、レストランに来たみたいだ。

「くーっ、炭酸すげーこのジンジャーエール」

　見た目シャンパンの中身はジンジャーエールで。

　椿くんの言う通り、その炭酸の強さに私も顔を歪める。

「こうしてローズも迎え入れたことだし、これからはみんなで助け合いながらやって行こうな」

「は、はい……」

　隣に座る刹那くんに優しく微笑まれかしこまって返事をすると、椿くんがあははと笑った。

「べつに、ローズだからって特別肩肘張って生活しなきゃいけないわけでもないから、気楽に行こうよ、気楽に」

「う、うん」

　顔には笑顔を張り付けたけど、たぶん……気楽には難しそう。

「それはそうとさ、寧々ちゃんはどうして白凰に編入してきたの？」

　興味津々って顔の椿くんに、私は簡潔に説明する。

「仕事の都合で両親が海外へ行くことになって、私ひとりで生活するには心配だから、寮生活のできる学校がいいってことで」

「なるほどー」

　同じように、興味深そうに耳を傾けてくれる刹那くんにも顔を向けながら。

「とんだ箱入り娘だな」

　冷たく言う琉夏くんは、目線はこっちに向けずに自分のペースで料理を食べ進めている。

　机の上にはスマホ。

　さっきからひっきりなしに届くメッセージをチェックしている。

　……やっぱり琉夏くんは苦手だ。

「そりゃそうだよな。寧々ひとりで家に置いておくなんて、ご両親は心配に決まってる」

　グサリ、と刺さったトゲをやんわり抜いてくれるのは、優しい声。

　琉夏くんの言葉なんてなかったみたいに、肯定（こうてい）してくれる刹那くんのセリフ。

「あーま」

　琉夏くんが放ったひと言に、またぴりりと空気が凍り付く。

　それは、口にしたお料理のことなのか、それとも……。

　刹那くんは「チッ」とかすかに舌打ちする。

「お前、メシの時くらいスマホいじるのやめろよ」

「はいはい」

　なんて言いながらも、一向に画面を動かす指を止めない。

　早打ち選手権があったら優勝しちゃうんじゃないの？　って思う速さで打ち込まれる文字。すごいなーって見ていると、

「気になんの？」

　ふ、と。

　顔を上げるから、目と目が合う私と琉夏くん。

「いえ、べつに」

　至って真顔で首を振ると、

「ぶはっ。バッサリ斬（き）られてやんの」

「埋めるぞ」

　う、埋める!?

　茶化した椿くんに不穏（ふおん）な言葉が舞う。

「おーこわ」

　……みんな、元々仲良しじゃないのかな？

　そうだよね。

　それぞれ分野の違うトップの集団。

　元々そんなに関わりのない人たちがいきなりルームシェアするわけだから、難しいこともあるか。

「ほら、寧々がビビってんだろ」

　刹那くんがたしなめると、琉夏くんの視線はまたスマホへ。

「ほんと空気悪いなあ。今日はお祝いの席なんだよ？　ったくよお……。にしても、寧々ちゃんすげーよな、大抜擢じゃん」

　そんな時でも、椿くんの明るさにはほっとさせられる。

「でも、編入早々ローズっていう高尚な称号をもらっちゃって、正直どうしたらいいのかわからなくて……」

「俺らだって同じだよ。それを狙って入ってくるヤツも多いって言っただろ？　今日だって、すれ違いざま睨まれたわ」

　そう言って肩をすくめる椿くん。

「あいつだろ、２組の東田。親父が陸上のオリンピック選手だったっつーヤツ」

　琉夏くんも聞いてはいるのか、カニの身を器用に殻からほぐして口へ放り込む。

「そうそう！　めっちゃ英才教育されて育ったらしいし、確かに身体能力がすごいのは俺も認める」

「でもよ、お前もバケモンだよ？」

　琉夏くんて、褒めてるんだかなんだか。

　頭脳トップの人にも、頭よすぎてバカ……みたいなこと

言ってたもんね。

「エクセレントって、具体的になにかすることはあるんですか？」

　まだシステムがよく分からずたずねた私に、椿くんが答えてくれる。

「生徒会からあがって来たものを決済する権限もある。行事のほとんどが生徒たちで運営してるから、俺たちが最終決定権をもってるってこと」

　それってすごい。

「まあ、白凰学園は俺たち４人の手の中にあるってわけ」

　そう言った瞬間、椿くんの目つきが途端に変わった。

「琉夏お前、ひとりでカニ食いすぎ！」

「しゃべってばっかなのが悪いんだろ？」

　中央に盛られていたカニの大皿を、琉夏くんから遠ざける。

　それを刹那くんが奪い取って、

「寧々、全然食べてないよな」

　私のお皿に、刹那くんがカニの足を３本置いてくれた。

「ふぉ〜、優しいねえ。相変わらず刹那クンは」

　軽口をたたく琉夏くんをフル無視する刹那くん。

　そんなスマートなところにも、胸がきゅんとなる。

　なんだか、刹那くんに対しては、ほかのふたりに対してとは違って、なんだかドキドキしちゃう。

　刹那くんは下心とかなく、純粋に誰にでも優しいんだろうなあ。

「男だらけで不安なこともあるかもしれないけど、困った
ことがあればいつでも相談に乗る。もし、俺らに言いにく
いことなら、蘭子に相談してもいいし。あいつ、結構頼り
になると思うからさ」

「うん、ありがとう」

　でもちょっと違和感。

　蘭子、なんて呼び捨てにして。

　もしかして、刹那くんと蘭子さんって、つき合ってると
か……⁉

　すると、正面で椿くんがクククと笑ってる。

　ん？　なに？

「ああ、蘭子は俺の姉貴なんだ」

　私の疑問に答えるかのように、刹那くんが付け加えた。

「えっ、刹那くんのお姉さんなのっ⁉」

　彼女どころか、姉弟だったなんて！

「超美人だろ？」

　身を乗り出す椿くんに、私は力強く頷いた。

「それはもう！」

　同性から見ても、すごく憧れる。

　美人なのはもちろん、かっこいいし頼りになるし、私と
は大違い。

「残念ながら人妻だからなあ」

「結婚してるんだ！」

「ああ」

「蘭子さんがローズの時のエクセレントの人とね！」

「えっ!?」

　なんだか情報量が多すぎて、ついていけないっ……。

　さすが蘭子さん、すごい人と結婚したんだ。

　それから、楽しく夕飯タイムは過ぎていき……。

「お腹いっぱい」

　お料理の種類も多いから、いつもより食べ過ぎてしまった。

　膨れたお腹に手を当てる。

「今日は特別っていっても、すごすぎて……」

「別に特別じゃないよ？　なあ？」

「まあ、そうだな」

　椿くんに同意を求められた刹那くんも、軽く頷く。

　えっ？　そうなの？

「ここのシェフは、一流ホテルで働いてたり、フランス料理のシェフだったりで、出てくるものがいちいちすごいんだよ」

「てことは……毎日こんな感じなの？」

「下の食堂はいろいろあるけど、エクセレント寮は、基本は毎年こんな感じらしい。要望をだせば、好みのものも作ってくれるみたい」

　え────っ。

「なんか不満なの？　俺は歓迎なのに」

　声を上げると、琉夏くんに冷たく言われた。

「逆ですっ！　贅沢すぎるなって……」

「寧々ちゃんの言うこともわかるよ。俺、ご飯に味噌汁に

サバの塩焼きとか食いてーし！」

「ババアかよ」

「んだよっ、日本食バカにしてんなよっ」

　そんな会話にふと、ひらめいた。

「あのぅ……」

　小競り合いしているふたりの会話に割り込む。

「ん？」

「私、唯一の趣味が料理で。もしよかったら……たまに夕飯を作ってもいいかな……なんて……」

　刹那くんも含め、目が点になる3人。

「うっそ、マジで!?」

「寧々、料理できるんだ」

　意外と反応がよくて、嬉しくなる。

「うんっ。母が、食べることは生きる基本って昔から言っていて。すごく料理が上手で。それで私もいろいろ教えてもらって……」

　やだ、お母さんのこと話してたらなんだか恋しくなってきちゃった。

　ホームシックかな。

　溢れた涙をずずっとすすると、椿くんは眉根を下げて、声を落とした。

「……そっか……。寧々ちゃんのお母さん、亡くなったんだ……」

「……っ!?　い、生きてるよっ……！」

「えっ、そうなの？　今の流れだと、てっきり」

　ペロッと舌を出して、ごめんごめんーって、いつもの表情に戻る椿くん。
「私こそごめんなさい。ちょっとホームシックになっちゃったみたい。あ、それでいろいろ教えてもらって、家庭の味とか──」
　──ガタッ。
　乱暴に椅子がうしろに引かれ、琉夏くんが立ち上がった。
　……え？
　会話の途中になにごとかと見上げた私たちを無視して、乱暴にスマホを掴むとそのままダイニングを出て行ってしまった。
　バタンッ。
　大きな音を立てて閉まるドアに、びくっと肩を震わせた。
「……地雷踏んだな」
　ぽつり、と刹那くん。
「えっ？　なになに？　どういうこと？」
「あいつ、母親亡くしてんだよ」
　……っ。
　息を飲む。
　そうだったんだ。
　私、なんだか失敗ばかりだな……。
　いつ亡くなったのかはわからないけど、こうやって、お母さんの話を聞くだけでも辛いかもしれない。
　なのに、私ってば……。
　頭の上に、ポンと優しく手が乗った。

「琉夏は一晩寝たら忘れるから。明日の朝にはケロッとしてるよ」

　刹那くんの優しさに、私はさらに鼻をずずっとすすった。

まさかの密着

　琉夏くんは、あのあと外に出てしまったみたい。

　椿くんは、「あいつはいつも女の子と夜は遊び歩いているから気にしなくていいよ」って言ってたけど。

　うーん、やっぱり気になる。

　椿くんは、部屋で誰かと電話しているみたい。

　時々、大きな笑い声が聞こえてくる。

　刹那くんは……部屋かな？

「は〜」

　私は広いリビングでひとりクッションを抱え、見てもいないテレビ画面をぼーっと見つめていた。

　ここへ来てからめまぐるしくいろんなことがあって、本当に疲れた。

　部屋にひとりでいると、悶々と考え込んじゃいそうだからリビングに来たけど、なんだかここも落ち着かない。

　だって、無駄に広すぎて!!

　家具や床はこげ茶色で統一されていて、とても落ち着いた雰囲気なのに、気持ちは落ち着かない。

　これからの学校生活もそうだし、ここは男の子ばかりだし、琉夏くんとは気づまりだし。

　クッションに顔をうずめて、じたばたしていると、

　───ん？

　どこからか、かすかに声が聞こえた気がして。

むく、と頭を上げる。

「……誰かいないのかー」

やっぱり！

この声は、刹那くん？

少し反響している声は……もしかしてお風呂場⁉

「おーい」

どうしようっ。

琉夏くんはいないし、椿くんは電話中。

だけど、さすがに私はお風呂場にはいけないよっ。

「誰かー」

それでも呼び続ける声。

緊急事態だったら大変だし……聞いちゃったからには、無視できなくてとりあえずお風呂場へ向かう。

そっと脱衣所のドアを開けると、暖かい空気が充満していた。

「あ、あの〜」

そろそろと声をかける。

お風呂場の曇りガラスには、人影が映っている。

こ、これは刹那くん……⁉

とびら1枚隔てた向こうには、ハダカの刹那くんがっ……と、よからぬ想像をした直後、

──ガラッ！

「ひゃあっ！」

心の準備もできないままにいきなり扉が開き、私は思わず両手で目元を隠した。

「……っ」

　刹那くんもまさか私がいるとは思わなかったのだろう。

　息を飲んだ気配が伝わった後、すぐに扉は閉められた。

「……なんで、寧々が……」

　戸惑ったような声が響く。

　やっぱり私はお呼びじゃないデスヨネ。

「ご、ごめんなさい。誰もいなくて、椿くんも部屋で電話をしているみたいだったのでやむを得ず……」

　だとしても、お風呂場に女の私が来るべきじゃなかった。

　大反省。

　刹那くんだって、椿くんか琉夏くんが来ると思ったんだろうし。

「いや、こっちこそ悪い。つい、いつものクセで適当に叫んじまった」

　完全に戸惑ってる。

「あの、なにか急用だった？」

「ああ……シャンプーが切れたから、上から出してほしいと思ったんだけど、いいよ、自分でやるし」

「場所を教えてくれたら私が取るよ……っ」

　びしょびしょで出てくるのは大変だもん。

　ここまで来たんだから、どうせなら役目を果たせた方がいい。

「……マジで？　じゃあ頼む。上の一番右側の棚を開けたら、新しいのがあるはずなんだ」

「うん、わかった」

　顔を上げると、言われた通り扉があった。

　手を伸ばしたのはいいけど。

「あ、れ？」

　そうだ、私身長が低いんだった。

　ここに住んでる男の子たちなら楽々取れるだろうけど、私には難易度が高い。

　ふみ台もないし、背伸びをして指をひっかけて戸を開けると、確かにシャンプーらしきものが見えた。

　だけど、どうやって取ろう。

「……しょっ！」

　考えたけどこれしかなかった。指を伸ばして、シャンプーを前へおびき寄せる作戦。

　あとちょっと。落ちてきたところを受け止めれば……。

「大丈夫か？」

　気配を感じ取ったのか、心配そうな声が飛んでくる。

「うんっ……だいじょう……」

　言ったそばから。

　──ガラガラガラガラッ！

　シャンプーを落としたはずみで、雪崩のようにいろんなものが落ちてきたんだ。

「うわあああっ……！」

　手で頭を押さえてその場にしゃがみこむ。

　ああ……なんて無様な。

「おいっ！　大丈夫か！」

　頭を抱える私に触れたのは熱い手。

　なにが起きたのかと、そろり、顔を上げると、
「うぎゃっ……!?」
　はしたない声を出してしまう。
　人って、本当にびっくりした時は、言葉を選んでいられ
ないんだと知った。
　だ、だって！
　少し濡れた刹那くんの腕が、私を包み込んでいたから。
「あ、あの……」
　どうして私は、湯気の立つホカホカの体に包まれている
の？
　刹那くんは、ドアの向こうにいたはずなのに。
「……ったく。椿のやつ、てきとーに詰め込みやがって」
　頭上では、そんな声。
　いや、今はそんなことより。
　もう一度冷静になって目を開けると、刹那くんのあらわ
になった胸元が目に飛び込んできて。
　ダメダメッ。
　またぎゅっと目をつむる。
　腰にはバスタオルが巻かれているけど、上半身はハダカ
のままだし。
　もう、心臓が爆発しそうだよ！
「やべえな……この格好で、こんな……」
　は、はい、それはとても……。
　なのに、刹那くんは私を抱きしめる手に力を入れた。
　見た目は細いのに、とてもがっしりしていて筋肉質なの

が伝わる。

「せ、刹那、くん……？」

　どうしたの？って意味を込めて聞くけど、返ってきたのはあまりに余裕な口調。

「寧々、ドキドキしてる？」

「……っ!?」

「その様子じゃ、してるみたいだな」

　声だけじゃわからないけど、体がかすかに揺れた。

　笑ってるみたい。

　そ、そんなの当たり前だよっ！

　この状況でその余裕って、もしかして、刹那くんも女の子に慣れてる？

　琉夏くんなら想像通り過ぎてなにも思わないけど、刹那くんが……ってなると、なんだかモヤっとする。

　単純に、意外だからって話じゃなくて、なんだろう……このモヤモヤは。

　暗くなった視界のなか、思考を巡らせる――と。

「このままさ、一緒に風呂入る？」

　なんて言うから、うっかり顔を上げてしまった。

　濡れた髪からしたたり落ちる雫。

　水もしたたるいい男を地でいっている彼の破壊力は、私の語彙力のすべてを失わせて。

　ドクンドクン……。

　駅を出発したての電車のように、急加速していく鼓動。

「も、もうっ……」

　なんてこと言うの、刹那くん！

　開けっ放しのドアから入り込む湯気で視界がどんどん白くなっていく。

　息が……苦しいっ……。

　私は抱きしめる刹那くんの手からなんとか脱出。

「あーあ」

　残念そうに口をとがらすその顔は、やっぱりどこか余裕がある。

　……私とは全然ちがう。

「椿がしまっとくって言ったからまかせてたけど、今度からは俺がやるか」

　刹那くんは、戸棚の上を見ながらそうつぶやいて、

「サンキュ」

　私に微笑みかけるその顔は、もう直視できないくらいかっこいい……。

「……うん」

「じゃ、ありがとな」

　刹那くんはお礼を言うと、何事もなかったように、曇りガラスの向こうへ消えていった。

　洗面台の鏡には、さっきの茹でたてのカニみたいに真っ赤な私が映っていた。

　ぽーっとしたままリビングに戻って。

　すとん。

　ぽーっとした頭でソファに座る。

　刹那くんから分け与えられたほかほかの熱は、ぐんぐん体温を上げていく。

　冷静に考えたら、すごい格好の刹那くんに抱きしめられてたんだ、私……。

「うわあ〜〜」

　さっきとは違う意味で、クッションに顔をうずめる。

　今椿くんが出てきたら、熱があるって誤解されちゃうかも。

　残り熱に包まれながら、私はいつの間にか意識を手放していた——。

　——くすぐったくて、目が覚めた。

　なにかが私の上でもぞもぞ動いている。

　……動いて？

「……っ！」

　ど、どうして刹那くんが私の頬を撫でてるの？

　ソファに横たわった私に覆いかぶさるようして、私の頬に手を添えていたからびっくりする。

「あ、あのっ……」

「あ、起こしちゃった？　気持ちよさそうに寝てたからさ、起こしちゃ悪いと思ったんだけど、寝顔が可愛くて、つい」

　そう言って、また私の髪の毛を撫でる。

　うわああああああっ。

　私ってば、あれからいつの間にか寝ちゃったんだ！

　体は完全に横たわっていて、その上に半分刹那くんが乗

りかかっている状態。

　さっきとは違って、ちゃんとシャツを着ているからいいってわけでもない。

　これ。

　恋人同士じゃない男女がする体勢じゃないことは確か。

「寧々の上、気持ちいい」

　耳元で紡がれる甘美な声。

　おまけに、刹那くんの顔は至近距離で見るには刺激が強すぎて、

「刹那……くん……」

　そんなこと言われたら、頭がおかしくなりそうだよ。

　刹那くんはさっきよりも私の体に乗りかかり、完全に覆いかぶさる格好になる。

　体重はかけられてなくて、私と刹那くんの間にある隙間。

　その隙間を埋めるように、ゆっくり体重を乗せてくる。

　ピタリ、と重なる体。

　お風呂上がりの温かい体温が、私の体に伝わる。

　抵抗することもできたのに、澄んだ瞳に引き寄せられるように動けなくなって……。

「ん？」

　その時、刹那くんの目が何かをとらえて。

　近づいてくるそれに、ぎゅっと目を閉じた。

　目元に触れる刹那くんの──唇。

「……しょっぱい。悲しかったのか？」

「あっ……」

　涙が出ていたことに、今気づいた。

「しょっぱいのは悲しい涙らしい」

「……夢を、見て……」

　楽しい夢ではなかったような気がする……。

　これからの不安とか、いろいろ。すごくリアルな夢だった。

「そっか」

　なぐさめるように頭を撫でてくれる手がとても優しい。

　なんだか、すごく落ち着く。

　どうしてだろう。

　心臓はドキドキしてしょうがないのに、心はとっても落ち着いてるの。

　ものすごく至近距離で、今にも触れそうな彼の唇が、小さく動いた。

「やべ……我慢できねえ……」

　その言葉を聞いてハッとする。

「ご、ごめんね。私がこんなところで寝ていたばっかりに」

　そうだよね、男の子と同じ部屋なのに、こんなところで無防備に寝てた私が悪かったんだ。

　私がいくら童顔で幼児体形だとしても。

　男の子だもん。うっかり、ってこともあるはず。

「なんで寧々が謝る？　どっちかって言ったら、謝るの俺の方だろ？」

「だって……」

　刹那くんが、私の手を引っ張って起き上がらせてくれた。

　一気に熱が冷めて、ぶるっと身震い。

「風邪ひくから、ちゃんとベッドで寝な」

　見られていたみたい。小さく笑われる。

「うん」

　私の隣の部屋が刹那くんの部屋みたい。

　刹那くんは自分の部屋のドアを開けると、一度振り返り、

「俺、寧々との寮生活、楽しみしかない」

　そう言って、部屋の中へ消えた。

秘密の部屋

　ここへ来てから、私まともに眠れてない気がする。

　すっきりしないまま、強制的にアラームで起こされた体をなんとか起こし、お弁当を作って。

　昨日みたいに、職員さんたちがやってきて、一緒にテーブルの上に朝食を並べた。

　座っていてくださいと言われたけど、見ているだけじゃ申し訳なくて。

　だって私はお嬢様でもなんでもないんだから。

「おはよう、寧々」

　一番最初にやって来たのは刹那くんで、朝から神々しいオーラをまとっている。

「お、おはよう」

　上品にコーヒーをすするこのたたずまいは、昨日の甘い刹那くんとは別人で。

『寧々の上、気持ちいい』

　あの妖艶な目とセリフを思い出せば。

　ボッ。

　顔に火がつくのは一瞬だ。

「よく眠れた？」

　カップから口を離して、チラリと視線を上げるそのしぐさまで絵になっている。

「う、うん」

　大嘘だけど。

　それも、刹那くんのせいで。

「おっはよ～」

　次に朝からそこ抜けに明るい椿くんがやってくれば、ただでさえ陽の光がたっぷり差し込むこの部屋が数段明るくなる。

「うーっす」

　続けて気だるげに入って来た琉夏くんは、頭をガシガシとかきながらドカッと椅子に座る。

　乱れた髪さえも計算されたかのように美しいのは、生まれもった美的センスの違い……？

「ふわあ」

　大あくびをしているのを見ると、刹那くんの言った通り、一晩寝たらケロッとしたのかも。

　これが通常運転だと思えば、そんな態度さえ、今はほっとする。

「琉夏、昨日帰ってこなかったろ。朝帰りしたの知ってんだからなあ」

　そうなんだ……。

　帰ってこなかったって、じゃあ一体どこに？

　突っ込みどころ満載で心の中は大暴れだけど、静かにスープを口へ運ぶ。

「女の所に行ってただけだよ、悪いかよ」

「んほっ……ごほっ……」

　やっぱり駄目だった。

生理現象は止められず、むせ続ける私。

だけってなに!?　だけって！

そこで一体、なにを……？

私と琉夏くん、生きてる世界線が違うのかな。

「朝からなんて会話してんだよ、寧々もいるんだから気を
つけろよ」

「んだよっ……」

たしなめた刹那くんを、軽く睨む。

私のせいで、刹那くんが文句を言われるのは本意じゃな
い。

ただでさえ、昨日から触れただけでヒビが入りそうな、
ガラスのように危ないふたりなんだから。

「わ、私のことはお構いなくっ！　いつも通りにしゃべっ
て大丈夫、なので！　ごほっ！」

言ったそばからむせる私。

ダメダメだっ……！

「ははは、全然大丈夫じゃないじゃーん」

椿くんに左から、刹那くんに右からタオルが差し出され
る。

それぞれにペコペコ頭を下げながら受け取る。

「寧々ちゃんはウブだね〜」

なんて冷やかされて、私は朝から冷汗をかきっぱなし
だった。

学校では、今日も琴宮さんグループの視線が痛い。

　琴宮さんにとってはローズになれなかった元凶（げんきょう）が私なんだから仕方がないよね。

　今日から早速授業が始まったけど、着替えもぼっち、教室移動もぼっち。

　そして最大の試練は。

　キーンコーン……。

　お昼休みがやって来た。

　この時間が一番憂鬱（ゆううつ）かも。

　女子にとって、お弁当の時間は死活問題。教室の中でぼっちで食べるのって勇気いるし。

　ゾロゾロと、教室を出ていくクラスメイト達。

　声をかけてくれる女の子は誰もいない……よね。

　クラス1影響力のある琴宮さんに嫌われた私と、友達になろうとする勇気のある子はいないみたいだ。

　この学校はお昼休みは普通の学校より少し長いみたい。

　私にとって、逆にそれが苦痛……。

　また昨日のベンチに行こうかな。

　そう思って、カバンからお弁当を取り出すと、

「寧々、どこで食うの？」

　手にしたお弁当に視線を落としながらそう聞いてくるのは刹那くん。

「裏庭……かな？」

「ひとり？」

「ん、まぁ……」

　教室で誰ともしゃべってないのは、刹那くんだって気づ

いているはず。

「じゃあ俺と一緒に食おう」

「え？」

「行くよ」

　まだ返事をしていないのに、パシンと腕を取られ、意思とは逆に持っていかれる体。

　えっ、ちょっと……!?

　咄嗟に周りに目をやったのは、誰かに見られたらどうしようって危機能力が働いたせい。

　クラスに残っていた数人の視線はもちろん私へ。

　うわあ……。

　琴宮さんたちがいないのがまだ救いだけど、きっと後で伝わるんだろうな。

　俯きながら、私はその手に従った。

「この部屋はいったい……」

　連れてこられたのは、私たちの教室がある３階から一つ上がった４階の一番端っこにある教室だった。

　部屋の中は応接セットが置かれていて、あとはテレビやポットやレンジもある。

　もはや、教室じゃない。

「エクセレントの専用部屋。だから俺らしか鍵を開けられない」

　刹那くんは腕に巻かれたリストキーを掲げた。

　なるほど……。

「寧々も好きにここを使って大丈夫だから」

　ソファに座った刹那くんは、私を見上げて優しく笑う。

　……あ。

　編入早々ぼっちが決定した私のために、ここを教えてくれたんだ。

　お昼になったら、ここへ来ればいいって。

「ありがとう」

　刹那くんの優しさが胸にしみる。

「寧々は弁当持参だよな？」

「うん」

「寮で作って来たの？」

「前の学校でもそうしてたし、その方が好きなものが食べられるから」

「へー、すげえ」

　ランチクロスを広げたら、「おー」と感嘆の声があがる。

　今日はサンドイッチを作ってきたんだ。

　卵サンドに、ツナサンドに、レタスとトマトとハムのサンド。

　蘭子さんがたくさん食材を入れてくれたから、なんでも作れちゃう。

「そんなに食うのか……？」

「えっと……ちょっと作りすぎちゃったよね」

　なんてごまかしたけど。

　本当は、昨日裏庭で会ったあの人の分も……と多めに作ったんだ。

　今日もひとりであそこに行くと思っていたし、どうせな

らって。

「ちょっとどころじゃないよな」

　たしかに。

　私がひとりで食べることを想像すれば、ありえないってレベルの量だ。

「よかったら……食べる？」

　おずおずと差し出せば、刹那くんの目の輝きが増した。

「いいのか？」

「もちろん！」

「じゃあ、いただきます」

　律儀に言ってサンドイッチをかじる刹那くん。

　みるみるうちに瞳が大きく見開かれる。

「うめえ」

　思わず漏れたような声に、私の頬も自然と上がった。

　よかった、喜んでもらえた。

「すげえな、こんなの作れるなんて」

「いや、それほどでも……」

　サンドイッチは、具材をパンに挟むだけだから調理ってほどのことでもない。

　それでも褒められたら素直に嬉しい。

　ふた口で食べきってしまった刹那くん。

「よかったら、もっと食べる？」

　だって、嬉しくて。

　こんなに美味しそうに食べてくれるなら、喜んで差し出しちゃう。

　刹那くんは、次から次へとサンドイッチに手を伸ばして
くれて、見てるだけでお腹いっぱいになれそう。

　しばらくするとコンコンとドアがノックされた。

　刹那くんがドアを開けて「サンキュ」と受けったものは、
トレーに乗った昼食。

「生徒会室が隣にあって、言えば持ってきてくれる。寧々
も食いたいもんあれば、食堂まで行かずにここで食えるか
ら」

「すごい！」

　エクセレントって、学園にとっては宝みたいなものなの
かも。

「俺、これもらっちゃったからそれ食ってよ」

　刹那くんのお昼は親子丼だったみたいで、私がそれをい
ただくことに。

「うわあ、美味しい！」

　卵がふわふわで、お肉もやわらかい。

　どんな人が作っているんだろう……やっぱり凄腕のシェ
フ……？

　学食レベルじゃない味に舌鼓を打っていると、

「ごちそうさま」

　刹那くんは食べ終わったようで、サンドイッチを包んで
いたラップをまとめて丸めていた。

　さすがにこの量は食べきれなかったらしく、数個のサン
ドイッチは残っているけど、こんなに食べてくれて嬉しい。

　体は細いのに、どこへ入ったんだろう……？

「うまかった。また作ってよ」

「いつでも！」

　あとは、あの人に届けようかな。

　残っているサンドイッチをランチクロスで包んでいる
と、

「寧々はさ、ひと目惚れしたことある？」

　包みを捨て終わった刹那くんが、私の隣に腰かけた。

「わ、私？　ない、けど……」

　ひと目惚れどころか、初恋もまだって言ったら笑われ
ちゃう？

「俺も、ひと目惚れなんてないと思ってた」

　ミシッ……革張りのソファが音を立てる。

　ゆっくり伸びてきた手が、私の頬に触れて。

「でも、今は違う」

　少しひんやりした細い指が、私の輪郭をなぞった。

「寧々に会った時、今まで感じたことのない不思議な気持
ちに支配されたんだ。体がカミナリに打たれたみたいにビ
ビビッ……て。それから、頭んなか、寧々でいっぱいなん
だ」

　ドクンッ……。

「自分で証明したんだから、俺はひと目惚れ、信じる。
……俺は、寧々が好きだ」

「えっ……！」

　生まれて初めてされた告白に、驚きが隠せない。

　しかも、こんなすごい人に。

　頭のなかは真っ白だけど、その言葉は胸に真っ直ぐ響い
た。

「だから、俺のものになってほしい」

　刹那くんといるとドキドキする。

　でも、まだこれが恋なのかわからない。それに。

「……私たち、出会ってまだ３日……だよ？」

「日数なんて関係なくない？」

「……お互いのこともよく知らないし……」

　刹那くんは私の手のひらをそっと握る。

　指先が絡みあって、刹那くんの熱が伝わる。優しい、熱
が。

「わかった。じゃあ、これから俺のことゆっくり知ってよ。
俺も寧々のことも、もっと知りたい」

　この瞳に見つめられて、逆らうことができる人なんてい
るんだろうか。

　私は引き寄せられるように、うん、と頷いた。

「いい子」

　ふわり、と頭に手を乗せられて、くしゃっと緩む頬。

　ドクンドクン……。

　刹那くんて、紳士になったり、強引になったり、甘くなっ
たり……。

　そのどれもが私をドキドキさせる。

　──ピピピッ。

　甘い空間に響いた電子音。

　聞きなれない音に驚いていると、隣ではガックリ頭を垂

れている刹那くん。

　えっ、と思っている間にドアが開き、

「おっと……！」

　姿を見せたのは椿くんで、私たちを見て勢いよく入って
こようとした体にブレーキをかける。

　私はパッと手を離した。

「もしかして邪魔だった？」

「もしかしなくてもな」

　素直にそう口にする彼に、恥ずかしいような嬉しいよう
な気持ちがこみあげる。

「刹那、ぬけがけすんなって。だったら俺もここで食えば
よかったー」

「大勢いたら寧々が気を使ってゆっくり休めないだろ。椿
は明日からも食堂で食えよ」

「はあー？　なに寧々ちゃん独り占めしようとしてんだよ」

　独り占めなんてっ。

　ふたりの会話を聞いてるだけで、顔から火が出そうで、

「じゃ、じゃあ、私はこれでっ……」

　ランチクロスをつかみ、エクセレントルームを出て行っ
た。

　ドキドキはおさまらない。

　私にひと目惚れって、信じられない。

　生まれて今まで一度も告白などされたことがない私は、
ドッキリなの？って疑っちゃう。

　しかも相手は学園のトップ。

　もはや信じられない……。

　これから、刹那くんの前でどんな顔をすればいいんだろう。

　しかも、帰る所も一緒だし……。

　あ〜、どうしよう……。

　エクセレントルームを出た足でそのままぐるぐる裏庭を巡っていると。

　──いた。

　眩しい太陽を遮るように腕を顔に乗せ、片膝を立てた状態で芝に寝転ぶ男子生徒。

　間違いなく昨日の男の子だ。

　熟睡しているのか、近くへ寄っても反応はない。

「あの〜」

　声をかけても、身動きしなくて。

　頭の上から覗き込むように声をかけると、彼は瞼をゆっくり持ち上げた。

　一瞬光に目を細めたあと、私を視界にとらえたようで、目に力を入れる。

　ひっ……！

　眉間にできたシワを見て、怒らせてしまったかも……と身構えたけど。

「……またお前かよ」

　思いのほか、声はやわらかかった。

　私のことも覚えてくれていたみたい。

「今、何時？」

「1時20分です」

　問いかけに、スマホを確認して告げれば「もうそんな時間か……」とゆっくり体を起こす彼。

　……一体いつから寝ていたの？　授業は？

　疑問はいろいろあるけれど。

「あのぅ……これ、よかったら食べてください」

　余計なことは聞かない方がいいと思い、それには触れずランチクロスを広げた。

　このままじゃ、きっと今日もお昼抜きなんだろう。

「……」

　無言のまま向けられた視線の先にあるのはサンドイッチ。

　それから、視線がゆっくり私に向けられた。

　髪の間からのぞく瞳は、冷たくて、鋭くて……。

　まるで、暗闇のなかから狼に睨まれているよう。

　子どもなら、絶対に泣き出す自信があるよ。

「じゃ、じゃあっ……」

　子どもじゃないけど、そんな目で見られたらやっぱり怖くて。

　そっと置いて、立ち上がろうとすると。

　彼は反対がわに置いてあったなにかを取って私に手渡した。

「……ん」

　押し付けるように渡されたそれは、昨日おかずを乗せて

いたタッパーの蓋。

「あっ」

　返されるとは思ってなかった。

　食べてくれたのかな？

　いや、でも中身は捨てたのかもしれないし……。

　あえて聞かずに受け取る。

「もう持ってこないでいい」

　突き放すような言葉に、胸の奥がひやりと冷たくなった。

「……っ、ですよね。迷惑ですよね」

　やっぱり、余計なおせっかいだったよね。

　反省するように頭を下げると、

「……そうじゃねえ。待ってるみたいに思われるだろ」

　そう言って、照れを隠すように顔を背ける彼。

　……え、待ってるって……私を……？

「食うから、昼メシ」

　そして、ボソッとつぶやいた。

「ほんとですかっ!?」

　まさかそんなことを言われるとは思わず、興奮して一歩
足が前に出た。

「……俺が昼メシを食うのがそんなに嬉しいのかよ」

「はい！」

　食事は大事だもん。

　私のおせっかいがきっかけで食べるようになってくれる
なら、おせっかいした甲斐もある。

「変なヤツ……」

　鼻で笑ったような言い方だったけど、最初みたいな怖さ
はなくて。

　意外といい人なのかな？

「アンタは……食ったのか？」

「へ……？」

「昨日はそこでひとりで食ってただろ」

　顎をベンチの方へ突き出す。昨日、私があそこで食べ
たこと知ってたんだ。

「食べましたよ。昨日は……編入してきたばかりで友達が
まだいなくて……」

　そう言うと「じゃあ、もう友達ができたのか」って、納
得したように頷くから、

「友達は……まだ、いないんですけど……」

　そう答えると、彼は怪訝そうに眉をひそめた。

「なんだそれ」

　エクセレントルームで食べた……ってことは、言わない
方がいいよね。

　彼は、私がその、ローズ……になったことなんて知らな
いんだろうし。

「でもっ、これから友達ができたらいいなって思ってま
す！」

　私、なに宣言してるんだろう。

　でもなんとなく。

　神社でお祈りするみたいに、口にする。

　言霊だ。

　願えば叶うっていうし。

「だな」

　そう言ってくれて、思わず笑顔になる私。

「アンタ、名前は？」

「あっ、申し遅れました。2年の、来栖寧々です」

「ふーん」

　そう言ったキリ、黙り込む彼。

　名乗ってくれそうな気配がないから、私の方から尋ねる。

「あ、あなたは……」

「……白樺凰我。2年」

「あっ、同じ学年……」

　てっきり3年生だと思ってた。

　刹那くんや琉夏くんもだけど、この学園は大人っぽい人
が多いんだなあ。

　でも、同じ学年でなんだか嬉しい。

　キーンコーン……

　ちょうどその時、タイミングよくチャイムが鳴った。

　昨日の流れだと、これは予鈴。あと5分後に本鈴が鳴る。

「行かないとまずいんじゃねえの？」

　チラッと見上げてそう言うけど、アナタは……。

　そんな視線を察知したのか、彼は当たり前のように「俺
は授業には出ない」そう言って再びゴロンと芝に寝転んだ。

　こんな学園でも、堂々とサボる人がいるんだ。単位とか、
大丈夫なのかな？

「じゃあ……私、行きますね」

　そんなことが気になりながらも、彼を残して校舎へ戻った。

LOVE♡3

誘惑

　それから何日か経過した。

　相変わらず、クラスではぼっちの私。

　刹那くんや椿くんは話しかけてくれるけど、それがまた、琴宮さんたちの反感を買ってることも事実。

『なによ。チヤホヤされちゃって』

『ローズだからって、調子に乗ってんじゃない？』

　……そんなつもりはまったくないのに。

　ローズの交換、なんてものは私の意思じゃできないことも蘭子さんから聞いた。

　素行不良など、周りから交代を求めるような声が上がれば、できなくもないけど。

　そんなことはエクセレントの歴史のなかで一度もないらしい。

　──放課後。

　職員室に用があって、その帰り。

　美術室の前を通った時、開けられた扉に引かれていたカーテンが風にふわっと揺れた。

　その時、一瞬、中が見えたんだけど。

　ええっ!?

　……今のは、なあに？

　ありえないものが見えたような……。

　目をこすってから、そーっとカーテンをめくってみた。

「……っ！」

　見えたのは煌びやかなソファに横たわった女の子。

　……腰から下には、シルクみたいな布がかけられているけど。

　問題はその上。

　一糸まとわぬ姿で横たわっていたのだ。

　左手は前に、右手は頭の上にあげてポーズをとっている。

　な、なにごと!?

「目線もっと上。少し遠くを見る感じ」

　ん？

　聞こえたのは男の子の声。

　どこか聞き覚えのある声だけど……誰だっけ……？

　その時、パッと頭の中にひとりの男の子の顔が浮かんだ。

「……琉夏くん？」

　音を立てないようにもっと中を覗くと。

　やっぱり。

　女の子から少し離れたところで、イーゼルに立てた画用紙に向かうのは琉夏くん。

　足を大きく広げて椅子にまたがり、少し前傾姿勢になりながら何度も女の子に目を向けては、鉛筆を走らせていた。

　紙の上をサラサラと動く鉛筆はとてもなめらかで、マジックのように生み出されていく立体的な画。

「すごい……」

　目が離せなくなった。

　……ほんとにすごい才能をもった芸術家なんだ。

　疑っていたわけじゃないけど、いつもヘラッとした琉夏くんがどんなふうに絵を描くのか想像もつかなくて。

　私は嫌われているのか、寮でも琉夏くんとはあまり話すことはないし、なるべくふたりきりにならないようにしている。

　描きながらも、琉夏くんは何度か女の子の所へ行って、手の位置や、布のシワ具合を調整していた。

　だけど、ヌードなんて!!!

　私の方がドキドキしてきちゃう。

　女の子、恥ずかしくないのかな……。

　私だったら絶対にムリだよ。

　モデルの子は、同じ高校生とは思えない。

　すごくふっくらした胸だし、体のラインはきれいだし。

　琉夏くんの絵のモデルをするくらい。体に自信がないとムリだよね。

　だけど、絵のモデルと考えれば、いやらしいふうには決して見えない。

「琉夏くーん、まだあ?」

　モデルの子が、甘ったるい声を出す。

「うるさくしたら、帰らせるから」

「えーやだあ」

　駄々をこねるように女の子が足をバタバタさせると、琉夏くんはため息をついて鉛筆を置いた。

「動くなって言ってんだろ」

　気ダルそうに言い、履きつぶした上履きで近づき、足元
の布を直していく。

　普段、乱暴な動作の多い彼からは想像もつかないくらい、
丁寧に。

　へえ……。

　さすが芸術部門第1位になるくらい。

　絵を描くことに関しては、ふるまいも一流なんだ。

　琉夏くんの意外な一面に、驚きを隠せずにいたんだけど。

　もっとびっくりしたのはその直後。

　——モデルの女の子と、唇を重ねたのだ。

　うっそ……！

　私、唖然。

　人のキスシーンなんて、テレビドラマ以外で初めて見た
よ……っ！

「……ん……ふっ……」

　甘ったるい女の子の吐息が響く美術室。

　ちがう意味で、目が離せなくなる。

　……この女の子は琉夏くんの彼女？

　ちゅっ、と大きな音を響かせて琉夏くんが顔を離すと、
女の子は名残惜しそうに琉夏くんの手を揺さぶる。

「えー、もっとお」

「聞き分けのない女はキライ」

「……はーい。じゃあ後でたっぷり愛してね」

　女の子は嬉しそうに微笑み、さっきのポーズに戻る。

　つまり。

　こういう流れで、その……そういうことになるのかな？

『女の所に行ってただけ』

　軽くそんなことを言っていた琉夏くん。

　相当な遊び人なんだろうなあとは思っていたけど、こうやって女の子と関係をもっているのか……。

　女の子もそれを期待して、モデルを引き受けてるの？

　ぼーっとそんなことを考えてると、イーゼルに戻る琉夏くんの視線が一瞬こっちに流れた気がした。

　マズいっ。

　慌てて廊下側の壁にピタリと背をつけて息をひそめる。

　１、２、３……心の中でカウント。

　……気づかれてなさそう？

　ほっと息を吐いた時。

「なに、アンタも描いてほしいの？」

　突然頭上から降ってきた声。

「……わっ！」

　そこにはなんと、琉夏くん。

　器用に鉛筆を指で回しながら、私を見下ろしていた。

　ひ――――、見つかっちゃった。

　背筋がピンと伸びる。

「あ、あのっ……えっと……」

「モデル志願者いっぱいいるけど、特別に優遇してやるよ？」

「えと……」

「もちろん、ヌード、だけど」

　いつものように、怪しく上がる口角。

「それともなに、キスしてほしいの？」

　言いながら顔を近づけてきて——唇と唇が触れ合う寸前
で停止した。

　女の子のつけていたリップのせいか、いつもより艶っぽ
く光る唇。

　それが、さっき唇を重ね合わせていたことをよりリアル
にする。

「……！」

「なに固まってんの。冗談も通じないの？」

　小バカにしたように鼻で笑うと、その顔を遠ざける琉夏
くん。

　まるで獲物を捕<ruby>捕<rt>とら</rt></ruby>えるような瞳に耐えられなくなった私
は、

「し、失礼しました……っ、」

　そそくさと逃げるようにその場を後にした。

　翌朝のダイニング。

　丸いテーブルを囲んでなに食わぬ顔で朝食をとっている
琉夏くんが、昨日の放課後どこでなにをしてきたかなんて
まったく興味がない。

　……というか、知りたくない。

　夕飯は一緒にとらなかったし、おそらく女の子と……

　だめだめっ。

　朝からなにを想像してるんだろう。

「寧々ちゃんどうしたの？」

「へっ」

　そんな私の不可解な行動はバッチリ見られちゃってたみたい。椿くんから鋭い指摘。

「寧々ちゃんて時々面白いよね〜」

　褒められてるのかな……だと思えばよしとしよう……。

「のぞきが趣味みたいだしなー」

「……っ！」

　そんな爆弾を投下してきたのはもちろん琉夏くん。

　なにも、ここで言わなくても！

「なになに、のぞきって？」

　ほら。

　椿くんがこの手の話に食いつかないわけない。

　身を乗り出して、興味津々に私と琉夏くんを交互に見る。

　……私の口からは言えません。

　黙々と、お皿だけを見つめて食事を口へ運ぶ。

「昨日さ、美術室でヌードのデッサンしてたら入り口からずっと見てたんだよ」

「またヌード描いてたの？　学校でそんなことすんのやめたら〜？」

「そんなのって、芸術をバカにすんなよ。だったら、ここに連れてきていいのか？」

「いいわけないじゃん。琉夏の場合、純粋に絵のモデルだけで終わらないんだから」

　やっぱり!?

　意味深に笑う琉夏くんと目が合って、私はぱっと逸らす。

「てかさ、刹那は？」

　椿くんは、刹那くんの席に目をやる。

　私も気になってたんだ。

　いつもは私の次にはやってくるのに、いまだ空席のまま。

「さあ……」

「寧々ちゃん、部屋に行って様子見てきてよ」

「えっ？　私？」

「そう。もし寝てたら遅刻だよー」

　脅<ruby>脅<rt>おど</rt></ruby>すように言って、むしゃむしゃパンをほおばる椿くんは、そう言いながらまったく席を立つ気配はない。

　そりゃあ……遅刻したら困るけど。

　私が起こしにいく理由はどこにもないよね？

　琉夏くんに目を向けると、顎を突き出し、行くように促してくる。

　……行くしかないみたい。

　私はナプキンで口元を拭いて、ゆっくり立ち上がった。

　刹那くんの部屋は、私の部屋の隣。

　だけど当然入ったことはないし、男の子の部屋を訪ねるのは緊張する。

　しかも、刹那くんの部屋となればなおさら。

　──コンコン。

　ノックをしたけど、ドアの向こうは静まり返って返事はない。

　本当にいるのかな。

　まさか、朝帰りなんてこと……琉夏くんじゃないからそれはないよね！

「失礼しまーす」

　ゆっくりドアを開けると、飛び込んできたのは一面の白。

　10階は入り込む朝陽の量が半端ないの。

　おまけにカーテンが全開になっているから、部屋全体が真っ白に見えたんだ。

　広さは私の部屋と一緒で、置かれている家具も統一感があってオシャレ。

　すっきり片付けられているし、刹那くんの性格がよく出ている。

　ベッドは、人の形に盛り上がっていた。

　まだ眠ってたんだ。

　そこにも燦燦と朝陽が降り注いでいるけど、頭から布団をすっぽりかぶっているから、起きられなかったのかも。

　近寄って、そっと声をかけた。

「刹那くん、起きて、朝だよ」

　すると、ゆっくり瞼が上がって。

　目を開いた瞬間から、くっきりと二重が形どられたきれいな瞳が現れた。

「……あ、寧々……」

　かすれた声が色っぽい。

　少し寝ぼけているのか、じーっと見つめられたあと、

「寧々、ここに座ってよ」

　ベッドの縁をトントン叩く刹那くん。

　私は言われた通り、素直にちょこんと腰かけた。

「寧々に起こしてもらうなんて、最高の目覚めだな」

「そ、そんなのんびりなこと言ってないで、早く起きないと遅刻しちゃ——きゃっ……！」

　ぽすっ。

　軽く引っ張られただけなのに、私の体は簡単に刹那くんの上に倒れこんでしまった。

　薄い布団の下に感じる刹那くんのたくましい体。

　筋肉質なのは、お風呂場で抱きしめられた時に知っている。

　簡単に想像できちゃうから、それはそれで困るっていうか……。

「寧々とこうしてた方がいい。寧々と一緒にいたい」

　布団の上からぎゅっと包み込むように抱きしめられる。

　わっ。

　甘々モードが発動しちゃった……！

　あの日の宣言以来、刹那くんは私にストレートに気持ちをぶつけてくる。

　刹那くんは、ふたりきりじゃない時は、絶対にこういうことをしたり言ったりしない。

　だからこそ、ふたりきりの時のギャップが激しいのかもしれないけど。

「だ、だめだよっ……」

　なんて言いながら、本気で嫌だと思わないのは……私も刹那くんに惹かれてるからなのかも。

　釣り合わないと思ってるのに、心が揺さぶられてどうしようもないんだ。

「これから毎日起こしてくれる？」

「そ、それは……」

　できれば自分で起きてほしいっ。

　こんなに心臓に悪いことが毎日続いたら、私の寿命が縮まっちゃうもん。

　私を上に乗せたまま、刹那くんは体を起きあがらせた。

　はらり、と刹那くんの肩から布団が落ちる。

　目に飛び込んできたのは、あの時も見た筋肉質な体。

「ひゃっ！」

　思わず両手で顔を覆う。

　まさか、ハダカで寝てたなんて！

「ああ……。ハダカで寝るの気持ちいいんだ。もともと人は生まれた時ハダカだからな」

　目を覆った理由に気づいた刹那くんは、やすやすとそんなことを口にする。

　そんな理屈を言われても〜！

　それよりも、早く服を着て〜。

「ふわあ」

　呑気にあくびをする刹那くん。

　指の隙間からチラッと見ちゃうのは、怖いものこそ見たくなる、みたいな心情かも。

　朝陽を存分に浴びた刹那くんは、これでもかってくらい神々しく、生きる彫刻のよう。

　ほんとに、同じ人間……？

　はぁ……ため息がでるほどかっこいい……。

「見たいならちゃんと見ていいよ」

　そう言って、私の手を優しく退ける刹那くん。

　涼しげな目元をやわらかく細めて、私を見てる。

「……っ!?」

　……バレてた。

　恥ずかしい～。

「寧々は正直だな」

　ふふっと笑って私をベッドに残したまま離れると、ク
ローゼットの中からシャツを取り出した。

　パサッ──。

　シャツに袖を通す。そんな普通の仕草までも目が離せな
くなるくらい様になっていて。

　ふいに振り返った刹那くん。

「寧々のおかげでいい一日になりそう」

　朝陽に照らされた笑顔に、頭がくらくらした。

キャンディー

「今日も全員揃ってるな」

　朝のホームルームが始まり、担任の先生が教室内を見回す。

「はーい」

　誰かが答え、当たり前のように進んで行くホームルーム。

　始業式の日から、何度もされてるこのやり取り。

　だけど、私は疑問に思ってることがあるの。

　全員そろってると言ってるのに、ひとつだけ誰も座ってない席があるんだ。

　窓際の一番うしろの席。

　まさか、みんなには見えてないの？

　……そんなこと、あるわけないよね。

　だけど、あの机と椅子について問いただす人はいない。

　留年した人……？

　だけどS組にそんな人いるはずないし。

　誰もなにも言わないってことは、触れちゃいけない暗黙のなにかがあるのかも。

　だから私も誰にもなにも聞かない。

　触らぬ神にたたりなしっていうもんね。

　授業と授業の間の休み時間。

「寧々ちゃんお疲れ。好きなの選んでいいよ」

　にょきっと差し出された手のひらには数本のキャンディー。

　顔を上げれば、キャンディーを口に突っ込んだ椿くんと目が合う。

「頭つかったから糖分取らなきゃねー」

　なんて言ってる彼は、四六時中糖分を取ってるような気がするんだけど……？

　なのに、体脂肪率は確実にひと桁台だと思わせるような体つきをしているから羨ましい限り。

　太らない体質なんだろうなあ。

「あ、ありがとう」

　学校へ来てから私が声を発するのは、今日初めてかも……。

　友達がいない私は、先生に当てられでもしない限り、しゃべる機会がないもんね。

　やっぱり、今日も一番手前にあるキャンディーに手を伸ばす。

　椿くんが一番好きだという、ピーチはもちろん遠慮して。

「あー、それファーストキスの味だ〜」

「ええっ？」

　なにを言ってるの、椿くん！！

　ドキドキするようなことを言うから、あたふたしちゃう。

「ファーストキスはレモンの味じゃん」

　私が取ったのはレモン味のキャンディーだった。

「えっ……」

「もしかして、寧々ちゃんはまだだったりするぅ？」

　そう言って、いたずらな笑顔を見せて、ツンツンと肩をつついてくる。

「えっとぉ……」

　キスしたことないって、そんなに珍しいのかな。

「ねえ、ねえねえ〜」

　面白がって、人差し指でぐりぐり押される。

　恋愛経験ゼロの人の話がそんなに楽しいですか、椿くん……。

　どうしたらいいのか困っていると、

「アホなこと言ってんな」

　冷めたように刹那くんが言って、椿くんからキャンディーを奪った。

「あー、それ俺の好きなやつ！」

　なんと、あっさりピーチ味を取っちゃったんだ。

「だったらそこに乗せとくなよ」

「これは寧々ちゃん用なんだよ！」

「知らねえし」

　刹那くんはお構いなく、そのままポケットにそれを押し込む。

「しかも食わないのかよ！」

「俺、アメ嫌いなんだよ」

「はあ〜？　意味わかんないし！　だったら返せよ」

　そんなやりとりに、クスっと笑っちゃう。

　今、助けてくれたのかな？

　ファーストキスがまだなの？って天然記念物でも見るような目で見られたから。

　エクセレントのみんなは、そのくらい経験済みだよね。

　もちろん刹那くんも……。

　そう思ったら、胸がズキッと痛くなった。

「そういえばさ、寧々ちゃんて料理上手なんだよね？」

「ん？」

　ちがう話題を振ってもらって助かった。

　飛びかけていた思考を戻し、私は笑って答える。

「上手ではないけど、作るのは好きだよ」

「じゃあ今夜作ってよ。あ、今日じゃもう用意されちゃってるか。なら明日！」

「うん、わかった」

　ニコニコ顔で言われて、ふたつ返事で頷いた。

　お料理はストレス発散にもなるから、ありがたい。

「なあ、刹那はなにがいい？」

「そうだなあ、なにがいいだろ」

　椿くんに振られた刹那くん。宙を見て考える。

　考え込む横顔は、正面から見るのとまた違った美しさがあった。

　すっと鼻筋が通り、目にかかる前髪からのぞく目はどこか哀愁が漂って、まるで1枚の絵画のよう。

「なんでも作れんの？」

　ポーっと見ていたら、急に私に目を向けるからドキッとした。

「まあ……だいたいは……」

「じゃあ、豚汁作ってよ」

「お、いーね———！　豚汁ってうまいよなあ。けど、ここじゃなかなか食べらんないし。あと、揚げ出し豆腐もつけて！」

　刹那くんのリクエストに、椿くんがさらに意見を乗せた。

「うん、わかった！」

　豚汁は定番中の定番だし失敗のしようがないから大丈夫。揚げ出し豆腐も結構得意。

　これなら大丈夫だとほっとした時、視線を感じてふと首を振って……。

　しまった、と思う。

　そこにあったのは、琴宮さんたちの冷ややかな目。

　じっ……とこっちを見ている。

　その視線に耐えられず、私は目を逸らした。

「でさ〜」

　そのあとも話しかけ続けてくれる椿くん。

　椿くんに罪はないのに、琴宮さんたちが気になって、そのあとは話に集中できなかった……。

　刹那くんにエクセレントルームを教えてもらってから、お昼はここで食べることにしていた。

　ひとりの時もあれば、刹那くんや椿くんが来ることもある。

　それ以外の人は来ないとわかっているから、緊張も解け

て、しばしゆっくりした時間が過ごせる。

　お昼休みも終わりに近づき、エクセレントルームを出た時だった。

「あっ……」

　廊下の向こうから歩いてきたのは、見知った顔。

　琴宮さんを含むクラスの女子数人だった。

　私がローズでいることに不満を抱いている彼女たちは、やっぱり苦手。

　咄嗟に隠れようとしたけど、曲がり角もなければ入れる教室もなくて。

　不自然に止まるわけにもいかず、ゆっくり足を進める。

　お弁当箱の入った袋を胸に抱え、俯きかげんに。

「でしょ～？」

「わかるわかるー」

　大きい声で話す彼女たちとすれ違う。

　……よかった。気づかれなかった。

　と思ったのもつかの間。

「ねえ、来栖さん」

　投げられた声に、ビクッと背中がはねた。

　ゆっくり振り向くと、彼女たちは私の方を見ていた。

「今、あの部屋から出てきたわよね」

　琴宮さんが指をさしたのは、さっきまで私がいたエクセレントルーム。

　話に夢中だと思っていたけれど、しっかり見られていたみたい。

　私は、小さく頷いた。

「えー、ちゃっかりエクセレントルーム使ってんだ」

「棚ぼたでローズになっておきながら、まんざらでもないって感じ～？」

　そう言って、きゃはははと笑う彼女たち。

　ぎゅ……奥歯を噛みしめた。

　彼女たちの言っていることは間違ってない。

　とどめは琴宮さん。

「私、あなたがローズでいることを認めたわけじゃないから」

　睨みつけながら語気を強めると、みんなを引き連れて行ってしまった。

「は、あっ……」

　その場にしゃがみ込む。

　ああ、教室に戻りたくない。

　このままどっかでサボりたい。

　だけど、ローズという称号を与えられた私がサボるなんて許されるわけない。

　……いっそのこと、素行不良でローズを降ろされたほうがいいのかな。

　そんな考えまで浮かんでくる。

「どうしたの、こんなとこで」

　聞こえた明るい声に、顔を上げれば。

「……椿くん」

　いつものようにキャンディーを口に突っ込んで。

　相変わらずだなあ……。

　そんな椿くんを見てたら、なんだか胸の中があったかくなって。

「これどうぞ」

　とキャンディー手渡してくれたその笑顔に、つられて笑みがこぼれた。

　椿くんの明るい顔を見ていると、自然と元気が湧いてくるのはここへ来た初日から変わらない。

「ありがとう」

　それをぎゅっと握れば、少し元気が出た気がした。

　翌日。

　約束通り私はここへきて初めて夕飯を作った。

　琉夏くんは、どこかへ遊びに行くらしく夕飯はいらないと言われたから今夜の夕食は３人。

「できました」

　テーブルに並べたのは、刹那くんリクエストの豚汁と、椿くんリクエストの揚げ出し豆腐。

　それから、ひじきの炊き込みご飯。

「わあっ！」

「すげえ」

　至って素朴な家庭料理だけど、それらを見て目を輝かせるふたり。

「うまそっ、いただきますっ！」

　お椀を持ち上げて、豚汁をむさぼる椿くん。

　まるで、お腹を空かせて帰って来た小学生みたい。

「やべえ、マジうまい！　これおかわりある？」

「お前、まだたくさん入ってるだろ」

　呆(あき)れたように椿くんをたしなめた刹那くんも、ひと口すすって、

「……うまい」

　次から次へと口に運んでいく。

「な、俺の気持ちがわかっただろ!?　この揚げ出し豆腐も、出汁(だし)がしみてて超うまい!!」

　ふふっ。

　ふたりがそんなに喜んでくれるなんて嬉しいな。

「よし、寧々ちゃん、結婚しよう！」

　ええっ!?　け、結婚!?

「ブッ！」

「わ———、きったねえー！」

　……なにがあったかと言うと。

　椿くんがとんでもないことを言うから、刹那くんが豚汁を口から吹いてしまったのです……。

　今のは、椿くんが100％悪いと思うんだけど……。

　私だって、あやうく里芋をのどに詰まらせそうになっちゃったもん。

「お前、冗談でもそんなこと言うな」

　本気で怒ってる様子の刹那くんに対して、椿くんは鼻歌でも歌うように軽く言った。

「冗談じゃないぜ？　俺、寧々ちゃん好みだし」

　ドキッ！

　好み、だなんて。

「は？　お前は寧々の好みじゃねえよ」

「なんで刹那がそんなこと言うんだよ！」

「見てりゃわかる」

「じゃあはっきりさせようぜ。寧々ちゃん、俺と刹那、どっちがタイプ？」

「えっ？」

　どっちって……。

「ね～え～」

　そんなこと聞かないでほしいよっ……。

「ど、どっちも‼」

　咄嗟に出した答えは、椿くんにはお気に召さなかったらしい。

「そんな答えで納得すると思う～？」

　意地悪だなあ……。

　うう、どうしよう。

　要領の悪い私は、こういう質問をうまくかわせる術を持ってない。

「サンドイッチも最高だったけど、これも最高だな」

　答えに困っていると、刹那くんがさらっと話題を変えてくれた。

　すぐに反応する椿くんは、キッ、と刹那くんに目を向ける。

「なんだよサンドイッチって！」

「前に寧々が作ったサンドイッチを食ったんだよ」

「はあ？　刹那は寧々ちゃんの手料理食べたの今日が初めてじゃないのかよ」

「まあね」

「くっそ〜、マウント取りやがって」

　椿くんはテーブルの上をダンダンと叩いて悔しそうに言う。

　ほっ……。

　究極の二択^{たく}から逃げられた。

　ありがとうの思いを込めて刹那くんを見ると、優しく微笑む彼がいて、私の胸はドキドキと高鳴った。

　私、やっぱり刹那くんのこと……。

呼び出し

　ふう……今日も疲れた。

　Sクラスは授業内容が濃くて進度も速い。

　集中するとすごく頭を使うから、放課後は結構くたくたになっちゃうんだよね。

　帰ったら、少し眠ろうかな。

　カバンを肩にかけて、教室を出ようとしたら、

「来栖さん、今ちょっといい？」

　廊下で待ち伏せしていたのか、クラスメイトの子が私に声をかけてきた。

「え、私……？」

　顔は知っているけど、話したことはない。

　というか、私に話しかけてくる子なんて、いないんだけど。

　ネームプレートには松島と明記されている。メガネをかけたおとなしそうな子。

「あのね、来てほしいところがあって」

「？」

　よくわからないけど、松島さんについていくことにした。

　校舎を出て、どこかへずんずん歩いていく。

　石畳で作られた小径を抜けて、もっと奥。

　まだ敷地内に詳しくないから、この先になにがあるのか見当もつかない。

「あの、どこまでいくの？」

「……」

　答えてくれない。

　嫌な予感がする……と思った時には手遅れだった。

　建物の角を曲がると、そこには、琴宮さんといつも彼女と一緒にいる女の子数人がいた。

「ご苦労様」

　……そういう、ことか。

　松島さんはただ、琴宮さんたちに言われただけのよう。

　私とは目を合わせないようにして、申し訳なさそうに、俯いていた。

「あなた、ずいぶんエクセレントの男子たちと仲良くなってんじゃない」

　息をつく暇もなく、詰め寄ってくる琴宮さん。

　周りの女の子たちも、じりじりっと。

「刹那くんや椿くんとしゃべれるのは、あなたがローズだからってこと、わすれないで」

　こんなふうに囲まれたのは初めてで、さーっと血の気が引いていく。

　こ、怖い。

「……は、はい」

　本当だったら、私なんかが気軽に話せるような人じゃないってことはわかってる。

　それが調子に乗ってるって思われてるなら仕方ない。

「だいたい、自分がローズの器にふさわしいと思ってる

の?」

「……」

　思ってるわけない。

　口をぎゅっと結んで、私より少しだけ背の高い琴宮さんを見つめる。

　入学して数週間。

　琴宮さんは非の打ちどころがないくらい完璧で、クラスの人たちにはもちろん、先生たちからの評判もとてもよくて。

　そんな彼女がローズじゃないことが、私だって不思議。

「蘭子さんは、ローズとして語り継がれているわ。あんな素敵な女性とアナタが同等だと思う?」

　琴宮さんは、フンッと鼻で笑って綺麗に巻いた髪の毛を肩のうしろにはらう。

「どう見たって妃花の方がふさわしいに決まってるじゃん」

「カリスマなんだから」

　みんなにもそう言われて、口元に笑みを浮かべる琴宮さん。

　でもすぐに表情がきつくなる。

「なのに、なんであなたがっ……」

　なにか言わなきゃ。

「わ、わたしは……」

「なに?　なんか言いたいことあるわけ?」

　なにか言おうとすると勢いに圧倒されて、言葉がのどで引っ込んでしまう。

　１対４。なにを言ったって負けるに決まってるんだけど。
「あなたがローズを降りるってひと言いえばいいんじゃないの？」
　名案でしょ？とでも言いたそうに、私を射抜く瞳。
　ローズを、降りる……。
　それは……。
　目線がだんだん地面に落っこちていく。
　はじめはありえないと思った男の子とのルームシェアも、思ったほど生活に支障はないし、むしろ今は楽しいとまで思えるようになった。
　私の作ったご飯で喜んでくれた刹那くんと椿くんの笑顔が頭に浮かぶ。
　みんなといると楽しくて。
　……私、いつの間にかあの寮が、唯一のよりどころになっていたんだ。
「ねえ」
　答えをせかす琴宮さんの声は、ちょっと震えていて。
「アンタさえいなければ、私がローズになれたのにっ！」
　強気な琴宮さんの目には涙が浮かんでた。
　体の横におろした手を、ぎゅっと握って。
「ひ、妃花……？」
「大丈夫……？」
　周りの女子たちもおろおろしてる。
「……っ」
　……私がローズでいること、こんなに恨まれてるんだ。

　琴宮さんは、白凰学園に入学した時から……もしかしたら入学する前から、ローズになることを目標に頑張って来たのかも。

　そんな彼女にしてみれば、編入生にローズを奪われるなんて、とてもじゃないけど許せないはず。

　だけど、私も……。

「…………うるせーなあ」

　視界の隅で、なにかが動いた。

　ひぃっ……！

　だ、誰かいたの!?

　みんなの視線が一気にそっちに流れる。

　むくりと起き上がった物体を見て、私は息を飲んだ。

「し、白樺くん……っ！」

　誰かが小声で叫んだ名前は、以前裏庭で会った彼だった。

　もう裏庭には行かなくなったし、しばらく会ってなかったんだけど。

　相変わらず、外で昼寝をしていたみたいだ。

「なんでこんなとこにいるのよっ」

「やばっ、どうする？」

　白樺くんから顔を隠すように、コソコソ言いあう彼女たち。

　……ん？

　焦った様子を見て、不思議に思う。

　白樺くんって、怖い存在なの？

　確かに、外見は不良っぽいけど……。

「昼寝のジャマすんなよ」

　白樺くんの言葉にビクッと肩を震わせた彼女たち。

　がたがた震えてる子もいる。

「ご、ごめんなさいっ」

「そんなつもりはっ」

　足をうしろに滑らせながら口々にするさまは、まるでなにかに憑りつかれたかのよう。

「し、失礼しましたっ……」

　そして、琴宮さんを囲むように、群れになって校舎の方へ逃げて行った。

　私のことなんて、すっかり忘れちゃったかのように。

　取り残された私。

　白樺くんに目を向けると、立ち上がって体についた芝を振り落としているところだった。

　……嫌なところ見られちゃったな。

　私も早くここから撤退したかったのに、彼は私に声をかけてきた。

「なんだよ今の」

　ひと目見てわかったはずのその状況を改めて説明するのは、結構きつい。

「え——っとぉ……」

　できればそこは察してください。

　モゴモゴ口を動かしていると、

「結局、まだ友達できてねえんだ」

　ううっ……。

　しっかりそのこと覚えてたんだ。

「は、はい……」

　しかも、友達がいないどころかこんなところに呼び出されちゃって。

「ローズがどうとか聞こえたけど」

　うわあ。話の内容まで聞かれてたんだ。

　探るように覗き込む白樺くんの視線に、私はぼそぼそ口を開く。

「えっと……私がローズに選ばれたことが、気に入らないみたいで……」

「は？　アンタ、ローズなの？」

　驚いたような声を出す彼。

　……だよね。誰だってびっくりするよね。

「だって、編入してきたばっかなんだろ？」

「はい……。私も正直まだよく意味がわかってなくて……代われるものなら代わってもらいたいくらいなんですけど……」

　きっと白樺くんだって、なんでお前が……そう思ってるはず。

　その証拠に、目を皿のようにして私を上から下までじっくり見て。

「へえ……。それで、ローズのアンタを妬んでこんなくだらねえことしてんだ」

　彼女たちが逃げた方向に目をやって、呆れたように息をついた。

　白樺くん、とっても話が早い。

「まあ……当然ですよね……」

　ピリピリした空気とは場違いな「そーれっ、そーれっ」って声が、遠くから聞こえてくる。

　きっと、部活に励んでる生徒たち。

　ここは部活も盛んって聞いたなあ……。

「で、ところでなんでアンタがローズに？」

「えっとぉ」

　私は手短かに、聞かされた通りの経緯を話す。

　無表情で私の話に耳を傾けていた白樺くんは、聞き終わるとサラッと言った。

「ここの学園長、頭おかしいからな」

　あ……。どういうふうに突っ込んでいいかわからないよ。

　同意したら、私も学園長の悪口を言ったことになっちゃうもん。

「そもそも、エクセレントだとかローズだとか、時代錯誤だろ」

　嫌悪まるだしの顔。

　ただでさえ鋭くて怖い目つきが、もっと怖くなる。

　学園長のこと、嫌いなのかな？

「は、はあ……」

「全校生徒で持ち上げて、なにがおもしろいっつんだよ」

「……」

「ま、気にしなくていいんじゃねえの？」

　そんな白樺くんは、ポケットに手をつっこんだままどこ

かへ行ってしまった。

　気にしないでいいって言ったわりには、ローズ全否定な気がするんだけど……。

「……ありがとうございます」

　彼の背中に小さくつぶやく。

　励まされたような、ディスられたような、変な感覚だった。

　びっくりするようなことが起きたのは、翌日の朝。

　ホームルームの最中。

「今日も全員いるなー」

　いつものように担任がそう声をかけた時だった。

　ピピピッ。

　教室の施錠が外された音がして。

　──バタンッ。

　教室のうしろのドアが勢いよく開いた。

　何事かと、みんなが一斉にそっちへ顔をふる。

「え、嘘ぉ……」

「マジで？」

　ざわつく教室。

　でも、なぜかひそひそと。

「俺の席、どこ」

　入って来た人物は近くにいた男子に声をかける。

　男子は、少し顔を引きつらせながら無言で一番うしろの席を指さした。あの、いつも空席だったところを。

　そして彼は椅子を引いて座る。

　そう、まるで自分の席のように……って。

「お、おお、白樺……よく来たな……」

　入って来たのは、あの白樺くんだったのだ。

「……えっ？」

　どうして白樺くんが？

　もしかして、このクラスだったの……⁉

　白樺くんは、声をかけた担任にチラッと視線を注ぐ。

「きょ、今日は本当に全員出席だな～アハハ……」

　担任は、漫画だったら全身の毛が逆立っていそうな顔を
しながら、から笑いする。

　やっぱり今まで全員出席じゃなかったんじゃん！なんて
突っ込む人は誰もいない。

　なになに、なんなの？

　この空気感についていけないのはどうやら私だけのよう
で。

　なにごともなかったように、ホームルームの続きがはじ
まる。

　私はそーっと白樺くんに目をやる。

　琉夏くんとはまた違った意味で浮いている風貌の彼は、
そのまま机に突っ伏し、結局クラスに来ても授業を聞いて
いる気配はなかった。

一騎打ち

　それから、数週間が過ぎた。

　白樺くんは、クラスには来ているけど、誰ともつるむことなく、授業も真面目に聞かず寝てばかりいる。

　そして、みんなに恐れられている。

　……理由はよく知らないけど。

　私にも話しかけてくることはないし、結局、距離が近くなった今のほうが、すごく遠い人になっちゃった気がする。

　琴宮さんたちは、白樺くんが脅威(きょうい)になっているのか、私に対して嫌がらせをしてくることもなく、平穏(へいおん)な日々。

　その間に、初めての定期テストもあり、みんな夜遅くまでテスト勉強を頑張って、わからないところは教え合ったりした。

　これこそ、ルームシェアの醍醐味(だいごみ)だなあって思った。

　さすがエクセレントのみんなは優秀。(琉夏くんもあんなんでも、すごく頭がよくてびっくりした)

　刹那くんは、ふたりきりになると、相変わらず甘さが発動してドキドキしっぱなしの私……。

　けれど、そんな平穏も長くは続かなかった。

「大変大変っ！」

　その日、椿くんは騒ぎ立てながら寮に帰って来た。

「うるせえなあ」

　今日は珍しく琉夏くんも一緒にリビングに居る。

　遊ぶ女の子がいなかったみたいだ。

　迷惑そうな顔をしながら、ソファに体を横たえたままテレビの音量を上げる——と。

「これ見ろって！」

　有無を言わさずそれをピッと消した椿くん。代わりに1枚の紙を突き付ける。

　泣く子も黙るように眉根を寄せた顔でそれを受け取った琉夏くんの顔が、さらに険しくなる。

　無言のまま、文字を追うように目が左右に動いて、

「ん」

　私に突き付けた。

　……へ？　私？　なに？

　受け取って、一瞬頭が混乱した。

「えっとぉ……」

　目に飛び込んできたのは、"琴宮妃花の申し立てによる、ローズ交代に伴う選挙開催"の文字。

　この書面は、表題の決議が通ったことを通知する文書だった。

　これはいったい……。

「なんだよ、見せろ」

　紙に目を落としたまま動かない私の手から、刹那くんがそれを奪う。

　そしてしばらくの沈黙ののち、「ありえねえだろ」とつぶやいた。

「すげえこと申し立てられたな、アンタ」

　琉夏くんにポンと肩に手を乗せられて、我に返る。

「琴宮妃花と一騎打ちするんだ」

　つまり、そういうこと。

　琉夏くんが要約するように、この書面を見ると、私と琴宮さんでどちらがローズにふさわしいか、選挙をするみたい。

　琴宮さんの周辺が最近静かだったのは、これを準備していたからだったのか。

　まさに、嵐の前の静けさってこのこと……。

「ははっ、ははっ……」

　ぜんぜん笑えることじゃないのに、笑いが出てきちゃう。

「それはそれは正当な異議申し立てをしたらしく、生徒会としても可決せざるを得なかったらしいよ」

「エクセレントに関する事項だから、俺らに決済の権限はなかったってことか」

　琉夏くんが続け、椿くんは頷いて頭を抱える。

「まあ、毎年ローズの選考が不透明だとか言ってるわりには、今年だって変わらねえもんな」

　ううっ。

　私……やっぱり交代させられるってこと？

　最近琴宮さんたちから直接なにかを言われることはなくなっていたけど、こんな案が進んでたとは想像すらしてなかった。

「どうしてこんなのが可決されてんだよ！」

　静かに怒りを携えながら刹那くんが椿くんにつめ寄る。

「って、俺に言われても……」

「クソッ！」

　乱暴に紙をその辺に投げ捨てる。

　ひらりと舞って、ソファに着地する紙。

「ふーん。久々に面白いことが始まりそうだな」

　ニヤリ、と琉夏くんが笑えば、椿くんが眉をつり上げた。

「なに言ってんだよ、琉夏は嫌じゃないのかよ！」

「べつに？　俺はローズは誰でもいいし。可愛ければ」

　琉夏くんらしい発言。

　私はどうやら琉夏くんの期待には添えてないみたい。

「なんだよそれっ！　そんな言い方ってないだろー」

　どこまでも私の味方をしてくれる椿くん、優しくて涙が出そう。

「選挙は……６月中旬か。約１ヶ月後だな」

　顎に手を当てながら、険しい顔をする刹那くん。

「向こうもそれなりの戦略を立ててくるだろうから、こっちも練らないと」

「だな」

「どんだけのバックがついてるかわかんないよなー」

「やるからには、勝ちきれるだけの自信があるんだろうよ」

　刹那くんと椿くんはどんどん話を始めていくけど。

　最大の疑問は。

「この選挙、私も出るの……？」

　だって、生徒会がこの議題を承認したってことは、誰も

が琴宮さんがローズにふさわしいと言ってるようなもの
で。

　だから私なんて、お役ごめんなのでは……。
「は？」
　と間の抜けた声が聞こえた。
　……え。
「相手が辞退した場合には、琴宮妃花がローズとなること
とする、そう書いてあっただろ」
　射抜くように私を見つめる刹那くん。
「えっと……それって」
　……私がローズでもいいってこと？
　琴宮さんがローズになるより……？
「寧々ちゃんも出るに決まってんじゃん！　俺、全力で応
援するから！」
　両手でガッツポーズを作り、そう言ってくれる椿くんだ
けど。
　私は気づいてる。
「いや、でもこれは負け戦じゃ……」
「わかってんじゃん」
　……琉夏くん。
　そんな……即答しなくても。
　でも、事実だからしょうがない。
　琴宮さんとの選挙で、どこに勝てる要素があるんだろう。
　そんなのするだけ惨めになるし、だったら潔く降参する
のもアリかなって。

「まあ、今のままならね」

　意味深に言うと、興味なさそうに琉夏くんは自分の部屋へ行ってしまった。

「なんだよ琉夏のヤツ……。ま、アイツは放っておいていいから、選挙までにいろいろ作戦を練ろう！」

　腕まくりをして、にこりと笑う椿くん。

「作戦？」

「そうだよ。まずは、寧々ちゃんを知ってもらわないとね」

　そうか。

　私の場合はそこから始めないといけないんだ。

　クラスであれだけ人望のある琴宮さんが、学園規模でどれだけ人気があるのかは想像するにたやすい。

　反対に、私のことを知ってる人は、Ｓクラスの人だけでは？

　真剣に考えてくれるふたりの気持ちが嬉しくて、

「ありがとう」

　私なりに、やれるところまでやってみようと思った。

　翌朝。

　エレベーターに乗って１階へ降りる。

　直通だから、あっという間に１階までつく。

　そこからリストキーで鍵を開け、寮のエントランスに降り立つ。

　右からは、女子寮から流れ出る人波。

　……いつもここで合流するの、なんだか気まずいんだ。

　どうしてこの人がローズ？って目で見られるから、いつも下を向いてコソコソと寮を出ていく。

　5分くらい歩いて学校の昇降口へ着くと、今日はなぜか人だかりができていた。

　その震源地はどうやら掲示板のよう。

　なんだろう？

　重要なお知らせなら見逃したら大変。

　私も人の波が入れ替わるのを待ってみた。

　ここでまぎれちゃえば、私がローズだなんてこと誰もわからないみたい。

　注目を浴びることもなく、人だかりのうしろにいると。

「ローズの選挙だってー」

「えー？　なんでなんで？」

　そんな声が聞こえて心臓がヒヤッとした。

　え？

　昨日聞いた話がもう噂になってるの？

　できた隙間から掲示板を覗くと、目に飛び込んできたのはローズの選挙を知らせるものだった。

　うわぁ……。

　もう生徒全員にお知らせが行っちゃったんだ。

「選挙したら琴宮さんで決まりでしょ」

「初めからそれでよかったのに」

　ほとんどの人が、選挙の意味はないって感じで、特に騒ぎ立てるでもなくバラバラと散っていく。

　立ち尽くす私のまわりで、入れ替わっていく人々。

　耳に入ってくる言葉もほぼ同じ。

　……だよね。はじめから勝負は決まってる。

　刹那くんと椿くんは作戦を練ろうって言ってくれたけど、そんなの焼け石に水。二階から目薬だ。

　とぼとぼと教室へ向かうと、私が入った瞬間空気が変わった。

　ヒソヒソヒソヒソ……。

　そして聞こえてくる声。

「おとなしく辞退してれば、こんな恥かかずに済んだのに」

「私たちの忠告を聞かないから」

　直接言ってくることはないけど、私に言われてるってのはわかる。

　……そうだよね。

　どう？　って感じに勝ち誇った琴宮さんの目。

　長い髪をうしろにはらいながら、不敵に微笑んでる。

　ううっ……。

　いたたまれなくなって、教室を出て行こうとした時。

　──ダンッ。

　大きな音が教室内に響いて、肩を震わせた。

　琴宮さんたちも同じだったみたいで、シーンと静まり返る教室。

　何事かとおそるおそる音の方を見ると。

　登校してきた白樺くんが、机の上にカバンを置いてこちらを見ていた。

　琴宮さんたちは、バツが悪そうに教室を出て行く。

　それを見て、白樺くんは静かに椅子に座る。

　何も言わなくても、琴宮さんたちを黙らせてしまう白樺くん。

　もしかして、また助けてもらっちゃったのかな。

　声をかけたくても、みんなとは一線を引いているようで、近寄らせない雰囲気を醸し出している。

　悪い人じゃないと思うのに……みんなが恐れている理由は、私にはまったくわからなかった。

　――ピンポンパンポーン。

　エクセレントルームでお弁当を食べていると、校内放送が入った。

　お昼は、いつもクラシックが流れていて、ゆったりした気持ちで過ごしているんだけど、それがプツっと途切れたのだ。

「ごきげんよう」

　流れてきたのは、聞いたことのある声。

　モグモグと動かしていた口がとまる。

　これは……。

「このたび、ローズ選に出馬することになりました、2年S組の琴宮妃花です」

　うそぉ……。

　校内放送を使って選挙演説……？

　知名度も人望もある琴宮さんが、こんな大々的に選挙活動をするとは思わず、驚きが隠せない。

「今年のローズ選出については、いろいろな声が飛び交っているのを知っています。それは現ローズの方にも失礼なことであると思っています。この状況に胸を痛め、この騒動を収めるにはどうしたらいいだろうかと考えた結果、私が立ち上がることにしたのです」

　うぐっ。

　……モノは言いようだよね。

「生徒の声が反映されないローズの選出は、本当のローズではありません。ローズとはどうあるべきか。皆さんもご存じである、初代ローズ・一条蘭子先輩が築いたローズ像を守るためにも、当日の選挙には、どうぞ琴宮妃花に清き1票をお願いいたします」

　ぐさぐさっ……。

　私じゃ、ローズ像を壊しちゃうってこと？

　潔いまでの落としっぷりに、反論する力も出ない。

　ただでさえ知名度のある琴宮さんが、こんな立派な演説をしたら、誰だって彼女に投票するに決まってるよね。

　私も、選挙演説をした方がいい？

　でもなんて？

　どの分際で、"私に投票してください"って言えるんだろう……。

　教室に戻ると、待っていたかのように琴宮さんが私の元へやってき来た。

「来栖さん」

「は、はい……」

「これ、もらってる？」

　ピシッと突き付けてきたのは、1枚の紙。

「選挙活動上の注意だからよく読んでおいてね」

　一方的に渡すその目には、"さっきの放送聞いた？"と言わんばかりの色が滲んでいる。

　勝ちを決定づけるような笑いを残し、琴宮さんは私の前から消える。

　なんとかそれを指先でつまんだ私。

　そこには、お金や高級品を渡したり、投票するように圧をかけるようなことはしてはいけないなど、いくつかの注意事項が記されている。

「選挙活動って言ってもなあ……」

　活動をするってことは、ローズでいたいと意思を示すのと同じ。

　私にはそれだけの権利があるのかな。

　もし、入学当初からこの学校にいたら、ローズになれるなんて思いもしないだろうし、なりたいとも思わなかったはず。

　つらつら書かれた文面をぼんやり追って。

　最後の一文を見て、「あっ」と声が漏れた。

　これはもう、私にローズを降りろと言っているようなもの。

　私の負けを決定づけるような文言。

　──選挙の応援に、現エクセレントは関わってはいけない……。

選挙活動

「はあ？　なんだよこれ！」

　寮に帰ってその紙を見せると、椿くんは目をつり上げた。

「なるほどな……生徒会もグルってわけか。俺たちが寧々ちゃんの応援に回らないようにだろ？　これって完全に向こうが有利になるように作られたやつじゃん」

　キャンディーを手に取ると、乱暴に包みをむいて、口へ放り込む。

　いつでもどこでも食べられるように、リビングのテーブルの上には、椿くんのためにキャンディー専用の箱が置いてあるのだ。

「表立って応援できなくても、俺たちは寧々ちゃんを応援してるから！」

　今日はイチゴ味みたい。

　甘くていい香りが漂ってくる。

「私がローズでいようと思うことが間違ってるんだよね。勝ち目はないのに」

　すでにたくさんの支持者がいる琴宮さんには、戦う前から負けてる。琉夏くんの言うようにまさに負け戦。

「寧々」

　咎めるような声に、ゆっくり顔を上げた。

　そこには、真剣な眼差しの刹那くん。

「寧々は学園長が直々に指名したローズだ。もちろん、表

上の理由になっている、公平性のために今年は特例を使用
したのかもしれないが、それだけ寧々がローズにふさわし
かったってことだ」

「……っ、」

「もっと堂々としてていい」

　刹那くん……。

「弱気になったら終わりだ。きっと打つ手はある。考えよう」

　こぼれ落ちそうになる涙をぐっと堪え、力強く頷く。

　刹那くんも、それでいいんだというように、頷いてくれ
て……。

　イチゴの甘い香りが漂うなか、できることはないか考え
ていると、

「あっ」

　あることがひらめいて顔を上げた。

「あの、なにかを作って渡すことは大丈夫かな？」

「なにそれ」

　興味ありそうに、刹那くんがこっちに体を向けた。

「例えば、ちょっとしたお菓子を作って、配れたらなあと
思って」

　この甘い香りに引き寄せられて、そんなことが思いつい
たんだ。

　おしゃべりも愛想を振りまくことも得意じゃないけど、
唯一私にできそうなこと。

　それはお菓子作り。

「おーっ、それ名案！」

　椿くんも手を叩いてノッてくれる。

「あっ、でもそれって、もしかして選挙違反になる？」

　昼間、琴宮さんにもらった紙に目を走らせる。

　お金や高級品は渡しちゃいけないって書いてあったけれど……。

「ならないだろ。賄賂(わいろ)の品とはまったく違うし、もらったからって投票するしないは個人の自由。ただ、それで寧々のことを知って応援しようと思ってくれるのなら、それは寧々の努力の証(あかし)だ」

　説明は、すごくまっとうで突っ込みどころもない。

　刹那くんがそう言ってくれるなら、絶対に大丈夫だと思える。

　よしっ！

　それなら、私にもできるかもしれない。

　そう思ったら、急にやる気が湧いてきた。

　翌日は、土曜日。外出許可をもらって食材を買いに出た。

　昨日の夜、遅くまで考えて書いたメモを手に、いろいろと調達。

　小麦粉やバターに砂糖など。お菓子作りの基本のもの。

　食後や授業の合間に手軽に食べてもらえそうなものとして、シュークリームやマドレーヌやマフィンを作る予定。

　蘭子さんは、用意するのにって言ってくれたけど、自分で選びたかったんだ。

　包みにもこだわりたかったからラッピング用品も購入。

　そして日曜日、早速シュークリームを作ることに。

　料理やお菓子作りって、ストレス発散にもなるんだ。

　時間も忘れて作業に没頭していると、

「うまそうな匂いするな」

　刹那くんがキッチンに急に入ってくるからびっくりした。

「そんなに匂ってる？」

「ああ、リビングにはもれなく」

　まあ、椿の部屋までは届いてないだろうと付け加えながらキッチンへ入ってくる。

　しっかりドアを閉めておいたけど、ここの寮には充満しちゃってたみたい。

「へー、こうやってシュークリームの生地（きじ）って膨らむんだ」

　刹那くんは、オーブンの中で膨らむ生地を眺めて感嘆の声を上げる。

「なんでも知ってるようで、知らないことっていっぱいあるんだなあ」

　お宝を発見した小学生みたいに目をキラキラさせてる。

　オーブンにかじりついてる刹那くん、レアだなあ。

「ふふっ」

「……ん？　なに笑ってんだよ」

　私の笑い声で、じっと見られてたことに気づいた刹那くんは、急に顔を元に戻す。

　いつものように、かっこいい顔。隙なんてありません、て顔。

「ううん、なんでもない」

　可愛い、なんて言ったら怒っちゃうかも。

　私は見てないフリをして、ちょうどピーと音を立てて止まったオーブンを開けた。

　さらにいい匂いが広がって、ふっくら膨らんだシュー生地がお目見えした。

　完全に冷ましてから生地の上部をカットして、あらかじめ作っておいたカスタードクリームを絞り入れる。

　上に粉糖をさらさらと振りかけたら、はい完成。

「うまそうだな」

「よかったら、どうぞ」

「マジで？　じゃあいただきます」

　椿くんのキャンディーも食べてなかったし、甘いものは苦手なのかと思ったけど、ためらいもせずにシュークリームに手を伸ばしてくれる刹那くん。

　モグモグモグ……。

　じいっと見入っちゃう。

「うん、うまい。最高」

　目を開いて親指を立てる姿に、ほっと胸をなで下ろした。

「わあ、よかった。じゃあ私も味見」

　シュークリームを両手で持って、パクリ。ひと口かじって味わってみる。

　うん、美味しくできた。これなら人様に配っても恥ずかしくない。

　思わずにっこり笑って刹那くんの方を見ると。

「あ……」

　刹那くんの視線が、私の顔のある一点で止まっていた。

「ん？　なにか？」

　シュークリームを両手で持ったまま固まる私。

「寧々、そのままね」

　そう言われるや否や、刹那くんの顔が近づいてきた。

　えっ？　なに？

　わけもわからず固まった私の肩に手を置いた刹那くん
は、そのまま身をかがめて、

「……っ！」

　私の上唇に、まるで食べるように自分の唇をかぶせてき
たのだ。

　やわらかくて温かい熱が、私の唇に重なる……。

　こ、こここれは……。

　さらに硬直する私。

　私の目の前では、満足そうに微笑む刹那くん。

「クリーム、ついてたよ」

　そして、ぺろっと自分の唇を舐める。

　〜〜〜〜っ……！

　これまでの人生において、口についたクリームを誰かに
舐められるなんて初めてだよっ。

　というか、これは、キスでは……！？

　体中に血液が駆け巡り、一気に体温が上昇していく。

「ねぇ、俺のこと、どのくらい知ってくれた？」

　しかも、ドキドキがおさまらない私の頬を両手で挟みな

がら、おでことおでこを合わせてくる。

「えっと……」

　なにも考えられなくなってくる。

　くらくらして、熱にうかされたような感じ……。

「……試してみる？」

「……え……」

「レモンの味がするか」

「……」

「寧々、したことないんでしょ」

　甘い声が、耳元をくすぐる。

「……っ」

　はじめはなんのことかわからなかったけど、いたずらっぽく口角を上げる仕草に、すべてがつながる。

　そそそ、それはっ。

『ファーストキスの味なんだって！』

　レモン味のキャンディーをもらった時に椿くんが言ってたことだ。

「寧々のこと、もっと知りたい」

　くらくらする私に届く刹那くんの声は、甘い媚薬だ。

　どくん……どくん……。

　拒むこともできたけれど、私には拒む理由なんてなくて……。

　ゆっくり刹那くんの顔が近づいてくる——と。

　——ガチャ。

　リビングのドアが予告もなく開いた。

「う〜ん、いい匂いがする〜！」

　匂いにつられてやってきた椿くんが、鼻をクンクンさせながら現れたのだ。

　ひゃっ！

　咄嗟に刹那くんから離れる。

　こんなところ見られたら大変っ！

「ほんとタイミング悪い男……」

　刹那くんはチッ……と舌打ちして、ギロッと睨む。

　一気に頭が冴えて、今、自分がなにをしようとしていたのか理解すると、ドキドキは最高潮に。

「刹那もいるんじゃん。俺も呼んでよーぬけがけ禁止！」

「そ、そんなつもりはっ。椿くんもぜひ一緒に！」

　椿くんは、私を応援してくれている大事な仲間。

　だけど……。

　もし、椿くんが来なかったら、私たちキスしちゃってたのかな？

　そっと唇に触れて、どこかで残念だと思ってる私は、刹那くんのキスを受け入れたかったの……？

　自問自答すればするほど、体は熱くなるばかりだった。

　どのくらい受け取ってもらえるかわからないから、初日の今日は10個持っていくことに。

　藤のカゴに入れ、透明のラッピング袋にはシールをはったりして、それなりに見栄えもよくなるように工夫した。

　よしっ！

　気合いを入れて、お昼休みに学生ホールにやって来た。

　ここには、テーブルや椅子はもちろん、自販機が置かれていたりして、生徒たちがくつろげる空間。

　お昼休みにはたくさんの生徒たちが集まってくるから、場所とはしては間違いないはず。

　その端っこで、私はカゴを持って立つ。

　選挙活動とわかるように、名前入りのタスキをかけなきゃいけないことになっていて、私も生徒会が用意したタスキを肩にかけた。

　緊張でガッチガチだよ……。

「く、来栖寧々です。よ、よかったらシュークリーム……」

　人が近くを通るたびにひとつ取って、差し出してみるけど。

「なにアレ」

「マッチ売りの少女じゃあるまいし」

　遠目でクスクス笑い通り過ぎていくだけで、見向きもしてくれない。

　はぁ……。

　そうだよね。

　私には、応援してくれる人は誰もいない。

　刹那くんと椿くんは、選挙の規定で私の応援に回れないから、一緒に活動してもらえる人はいないんだ。

「はぁ……」

　ひとりって、ほんとに心細い。

　その目の前を、応援部隊を引き連れた琴宮さんが通過す

る。

「わあ、妃花さんだ！」

「本物の妃花さん初めて見た〜、やっぱりキレイ」

「握手してもらおう！」

　握手を求める１年生の子たち。

　入学して間もない１年生にまで支持されてる琴宮さん、さすがだなあ。

　それに快く応じる琴宮さんを見ながら感心……してる場合じゃないよね！

「あの、シュークリーム……」

　なんとか頑張って声を上げてみても、琴宮さんフィーバーに沸いてる学生ホールに私の声は響かない。

　はあ……。

　だめだ。やっぱり出直そう。

　とその時、ある女の子たちの会話が耳に入ってきた。

「どうして女子はネクタイしちゃダメなんだろう？」

「そうそう、選べたらいいのに」

「ネクタイの方がオシャレだったりするよねー」

　あ……。

　思わず足を止める。

　なるほど……私はあることを思いついて、エクセレントルームに急いだ。

「そっかあ、なかなかきびしいね」

　ひとつも行き場のなかったシュークリームを残念そうに

見つめる椿くん。

　エクセレントルームには、刹那くんと椿くんがいた。

「このシュークリーム、食べてもいい？」

「……というか、お願いします」

　私じゃ全部食べきれないし、消費してくれるだけで嬉しい。

　頭を下げながら差し出せば。

「俺も」

　刹那くんも横から手を伸ばしてくれた。

「ほんとうまい！　こんなにうまいものが目の前にぶら下がってんのに通り過ぎてくとか、どんだけみんな損してんだよ」

　口の周りにクリームをつけてる椿くんを見て、昨日のことを思い出す。

　私の口についたクリームを舐め取った刹那くんを……。

「えっなに？」

　見すぎちゃってたみたい。

　椿くんから突っ込まれて、慌てた。

「うっ、ううん、なんでもないっ……」

　だって、刹那くんの目が意味深に笑ってるから。

　昨日のことを私が思い出したって、バレバレだよね。

「クリームがついてんだよ」

　刹那くんがそう言えば、

「マジで？」

　今気づいた椿くん。舌を伸ばしてクリームを取ろうとす

るけど、うまく取れないみたい。

「どこ？　わかんねえ」

「ここだよここ」

　笑いながら自分の口を指して説明する刹那くんは、当然だけど椿くんのクリームを舐め取ることはしない。

　だからこそ、私にした行為が特別のように思えて、胸の高なりが激しくなる。

　今、きっと刹那くんと私は同じことを考えてる。

　目を細めて、真っ赤になってる私を見ながらなにを考えてるの？

　そう思ったら、体の熱はどんどん上昇していく。

　刹那くんてば……絶対に策士だ。

「あ、なにこれ」

　そんな空気に終止符を打ってくれた椿くんの声。

　なにかに気づき、手にした紙を広げる。

「〝今日も一日頑張ってくださいね〟だって！　うわ————これはやられる、うっ」

　心臓に手をあてて、大げさにソファに倒れこむ。

「あ、俺のほうにも。〝あなたに幸運が訪れますように〟か。嬉しいよな、こういうの」

　刹那くんからもいい感触。

　受け取ってくれた人に、感謝の気持ちを込めて。

　自分なりに考えて、応援メッセージを添えてみたんだ。

「寧々は優しいな、寧々こそ真のローズにふさわしい。寧々が頑張ってること、絶対に見ててくれてる人がいるから」

　なんて甘やかされれば、単純な私はそれだけで頑張る理由ができた気がする。

　あ、そうだ！
「あの……ローズになれたら、学校をこんなふうにしたいっていう選挙公約みたいのを訴えてもいいのかな」
「なにか思いついたの？」
　身を乗り出した椿くんに、私は頷いて続ける。
「さっき、ホールで女の子たちが話してた会話が気になったの」
「どんな？」
「あのね、女子もリボンだけじゃなくて、ネクタイも選べたらいいなって」
　さっき聞いた、「ネクタイも選べるようにしたい」と言っていた女の子たちの会話がヒントになったんだ。
　これ、中学の時も言ってた子がいたの。
　女子だからリボンをつけるのが当たり前じゃなくて、ネクタイがいいっていう女の子も一定数いるんだなってことは前から思ってた。
　リボンかネクタイを選択制にする。これを公約として掲げて賛同してくれた人がいたら、ローズとしてちゃんと誰かのために役立てると思ったんだ。
「なるほどな。今の時代、男子がネクタイで女子がリボンていう枠にとらわれることもないよな」
　刹那くんに賛同してもらえて、ますます気持ちが昂る。
「できたら、女子のスラックス導入も考えていきたいと思

うけど、まずはネクタイから始めてみようと思って」
「それ賛成！　寧々ちゃん、いいところに目を付けたよ！」
　椿くんまで。
「ありがとう！」
「選挙ってのは、もともと公約ありきだからな。それ、いいと思う」
　刹那くんにもそう断言してもらえて、さらに意欲が湧いてきた。

　放課後。
　エクセレントのみんなが教室を出ると、琴宮さんが歩み寄って来た。
　今日はなにを言われるのかとびくびくしていた私に投げられたのは、思いもかけない言葉。
「来栖さん、選挙活動頑張ってるみたいね」
「？　えっと……はい」
　これは激励ってとらえていいんだよね？
　まさか、来栖さんからねぎらってもらえるとは思わなかった。
　ちょっと拍子抜けしながら苦笑いする。
「で、シュークリームはいくつ受け取ってもらえたのかしら」
「えっとぉ……ゼ、ゼロです」
「あら～、せっかく作ったのにもったいないわね～」
「？？？」

「今度作ることがあったらぜひ私にちょうだい？」

　琴宮さんはふふふっと笑うと、髪を翻して、カバンを抱えて教室を出て行った。

　……あれれ？

　すると、応援部隊の皆さんも後を追うように、

「妃花と争おうなんていい度胸」

「おこぼれでローズになれたくせに、まだ居座ろうとするなんて図々しい」

「それをわからせるための選挙なのに、選挙運動までしちゃってバカみたい」

　刺々しい言葉のオンパレードで、教室を出て行った。

「は、あっ……」

　私ひとり残されて。

　力が抜け落ちて、すとん、と椅子に座る。

　……激励、じゃなかった。

　さっきのも嫌味のひとつだったのか、としょんぼりする。

　わかってる。わかってるよ。

　私にローズはふさわしくないことくらい。

　ただ、ちゃんとやり切りたいって思ったの。

　それが、少しの間でもローズっていう称号を与えてもらった私の務めだから。

LOVE♡4

実は天才？

　次の日も、めげずにお菓子を作った。

　しっとりと焼き上げたマドレーヌ。

　レモンを少し効かせた、私の自信作。

　ひとつでも、受け取ってもらえますように……！

　今日は少し早め、２時間目が終わったあとの15分休み
に学生ホールにやって来た。

　公約を伝えるために、早速チラシも作ったんだ。

　お菓子を受け取ってもらえたら、一緒に渡す予定。

　昼休みよりも、人の数は少ないと思ったのに。

　そんな期待はあっけなく裏切られた。

「嘘、なんでこんなに？」

　昨日のお昼よりも人がいて何事かと思う。

　この様子じゃ、琴宮さんたちもいるんじゃ……と警戒す
る。

　でも、なんとなく様子が違う。

　やって来た人たちは、あるところに真っ先に向かうんだ。

　生徒ホールの一角に掲げられた大きな掲示板。

　みんなはそれを見にやって来ているようだった。

　なにか重要なお知らせでも……？

　カゴを抱えながら様子を見ていると。

「刹那くんはさすがエクセレント総合１位よね〜」

　んっ!?

　流れてきた声の中に、刹那くんの名前があるのを聞き逃さなかった。

　刹那くんがどうかしたのかな。

　掲示板を見終わった人の顔は、喜々としていたり残念そうだったり。

　いよいよなんなのか気になってくる。

「私今回も載ってなかったー」

「どんまいどんまーい」

「やった！　前回より上がった！」

　ぴん、ときた。

　会話から推察したところ、たぶん先日行われた定期テストの結果がはり出されているようだ。

　各学年、上位30人の名前がはり出されると、始業式の時に聞いたっけ。

　だったら私も見に行かないと！

　カゴを胸の前でしっかり抱え、いざ出陣。

　試験の結果には満足しているけど、順位も気になるところ。

　ローズでいさせてもらっている以上、これで名前が載ってなかったら、面目ないもん。

「わぁ、さすがだなあ……」

　誰かが言っていたように、刹那くんは堂々の１位だった。しかも５教科で500点満点。

　結構ハイレベルだったのに、一体頭の中、どうなってるんだろう。

　あんなに秀才なのに、たまに変なスイッチが入っちゃう
のも不思議……。

　思い出せば、勝手にドキドキと大きく胸打つ心臓。

　刹那くんのことを考えると、胸がぎゅーって苦しくなる
の。

　やっぱりこれって恋?

　人を好きになる気持ちって、こういうことなの?

　……はっ。

　意識がどこかへ飛んじゃってたみたい。

　気づくとガヤガヤした中に埋もれていて、慌てて顔を正
した。

　刹那くんの1位から順に目線を下げていくと、5位のと
ころで自分の名前を見つけた。

　女子では1位。

　ほっ。ひと安心。

「白樺くん、あいかわらず秀才なんだね」

「最近授業出てるって話じゃん」

「えー、そうなの?」

　隣でしゃべっている女の子たちの会話に、ん?と反応す
る。

　白樺くんてあの白樺くん?　秀才ってどういうこと?

　どちらかというと、不良なんじゃ……と掲示板に顔を戻
した私は、

「えええっ!」

　ものすごい衝撃に襲われた。

　刹那くんが１位で、私が５位だったことよりも。

「２位⁉」

　だって、２位のところに"白樺凰我"って書かれていたんだもん。

　どういうこと？　サボって昼寝ばかりしている彼が２位って。

　すると、目線の対角線上にちょうど白樺くんがいて。

「えっ、」

　こともあろうか私と目が合い、軽く眉を上げると、こっちに歩いてきた。

　え？　え？　私。

　思わずあたりをキョロキョロすると、

「よお」

　やっぱり私の前で足を止めた。

「ああ……あの……」

　話すのは、裏庭で会って以来。

　同じクラスだとわかってからは、まだ一度も話してないし。

　どうしていきなり話しかけてきたの……と、戸惑う私。

「それひとつくれよ」

　白樺くんは、カゴの中のマドレーヌを指さす。

「えっ？」

「だめなのか？」

「いいいいいえいえ、ど、どうぞっ！」

　もしかして、甘いもの狙いだった⁉

　まさか、一番最初に白樺くんに渡るとは。

　甘いものが好きなのかな……と、その長身を見上げていると、

「そうやってるってことは、ローズの座を守りたいって解釈でいいの？」

「へっ？」

　白樺くんの目線の先は、私の肩……。

「代われるものなら代わってほしいっつってただろ」

　そうだった。

　私、自分の名前入りのタスキをかけた状態だったんだ！

　あれから数週間。

　自分の中で変わり始めた思いを告げる。

「……守りたいって言ったら、生意気だけど……。今は、ローズっていうことに誇りをもてるようになってきて……」

　刹那くんや椿くんの言葉。

　それから、はり出された順位が、さらに自信をくれたんだ。

「白樺くんこそ、すごかったんだね」

「なにが？」

「ほら、順位」

　見てないの？と、私は掲示板の方を指さした。

　ああって感じに軽く首を振った白樺くんは、なんてことないような顔。嬉しそうでも得意そうでもない。

「べつにたいしたことねえよ。じゃーな、これサンキュ」

　あまり触れられたくないのか、そう言うと足早に学生

ホールを出て行った。

　それから、さらに1週間経って……。

　日によっては、2、3人受け取ってくれる人も出てきた。

　毎日ここでぽつんとしている私を気の毒だと思った優しい人なのか、神様みたいに思えちゃう。

　でも、受け取ると琴宮さんたちの目が光って、その人たちは悪いことでもしたかのようにコソコソ学生ホールを出て行くんだ。

　これって、選挙活動違反の圧力じゃないの？　なんてことは私の立場じゃ言えないけれど。

　それからも、少しずつクチコミなのか広がっていくようになって。

　いつも同じ人が来てくれたり、「頑張って」と声をかけてくれる人も現れた。

　公約に対する反応もまずまず。

『これが実現したらすごく嬉しいな』

　そう言ってくれる人もいて。

　少しずつ、努力が目に見えて形になっていくみたいで嬉しかった。

「今日、いつもとメシの雰囲気が違くね？」

　ダイニングについた琉夏くんは、その変化にすぐに気づいた。

　肉じゃがに、ほうれん草としらすを和えたおひたし。

　明らかに家庭的な料理が並ぶテーブルを見て眉をしかめる彼に、椿くんが嬉しそうに告げる。
「今日は寧々ちゃんが作ってくれたんだ」
「……はあ？」
　明らかに不満げな声。
　あれから何度か夕飯を作っているけど、ちょうど琉夏くんが夕飯を1階の食堂で食べる日と重なってばかりだったから、私が夕飯を作っていることは知らなくて当然。
　けど、その「はあ？」は怖いよ、琉夏くん。
　私は少しおどおどしながら言った。
「あの、今までにも何度か作らせてもらってて……。たまたま、琉夏くんがここで食べない時だったみたいで……」
「へえ……。いかにも手作りしましたって感じのメシ、俺苦手なんだよね」
「あー……」
　しゅん。
　喜ぶどころか、苦手って言われちゃった。
　そうだよね。
　みんながみんな、刹那くんや椿くんみたいな考えの人ばかりじゃない。
　シェフの料理っていう特別感が好きな人もいるよね。
「作ってくれたのに文句言うなよ」
「文句じゃねえよ。ほんとのこと言っただけだろ。食わないとは言ってねえ」
「ならいい」

　刹那くんはそれ以上突っかかることなく、いただきます
と言って、食事に手を付けた。

　ほっ……。

　また言い合いが始まったらどうしようかと思った。

　私の食事が原因でそうなるのは嫌だもん。

　頭がいいからなのか、刹那くんはちゃんと引くタイミン
グがわかってる。

　琉夏くんを怒らせることなく、だからって、言いっぱな
しにさせることもなく。

　……すごいなあ。

「いただきます」

　琉夏くんも、苦手と言いながら箸をつけてくれた。

　私もほっとして食べ始める。

「おー、うまいうまい」

　今日も大げさに褒めてくれる椿くん。

　どう考えても、ここのシェフが作る料理の方が美味しい
に決まってるけど、そんな社交辞令も椿くんが言ってくれ
ると全然嫌味に聞こえない。むしろ、嬉しい。

「じゃがいもはホクホクしてるし、味付けも最高！」

　けど、今日は琉夏くんがいるからちょっとヒヤヒヤ。

　琉夏くんは正直に「なにをそんなに大げさに」とか言い
そうだもんね。

　ちらちら気になって見ていると──琉夏くんの動きが止
まった。

　肉じゃがを口に入れた琉夏くんの表情が、明らかにおか

しかったんだ。

　えっ、どうしたのっ!?

　なにか変なものでも入ってた!?

　緊張して、心臓がバクバクしてきた。

　すると──琉夏くんの片方の目から、雫が流れおちたんだ。

「えっ」

　目にゴミでも……？

　そう思った直後、反対の目からも同じく雫が。

　……泣いて、るの？

　涙が出るような辛（から）いものは入れてないはずなんだけど……。

「琉夏っ!?　どうしたんだよっ」

　椿くんも気づいたみたい。

　大声をあげながら、琉夏くんの肩をゆさぶった。

「……っ？」

「お前……泣いてんの？」

　放心状態だったのか、我に返った琉夏くんは、頬に涙を残したまま椿くんを見て。

「……うるせーよ」

　そのあとはひと言も言葉を発しないまま超高速で食べきって。

　早々と部屋へ引き上げてしまった。

　異様な空気感に、残された私たちのあいだにも、微妙な空気が流れていた。

「……お口に合わなかったのかな？」

　泣くほどまずかった、とか。

「んなわけないだろ。こんなに綺麗に平らげて」

　刹那くんの言う通り、米ひと粒残さず、並べたお皿のものは食べてくれている。

　じゃあ、あの涙は一体……。

　琉夏くんと涙、というあまりにも不釣り合いなそれに、胸の中がずっとざわざわしていた。

変わった風向き

「今日はなに作ってるの？」

「ミルクレープだよ」

「おー、いいねえ！」

　早朝からスイーツ作りをしていると、椿くんがキッチンへやって来た。

　昨日の夜に作ってひと晩寝かせ、丸くできた端を切り落として、四角にカットしているところ。

「なにか手伝えることある？」

　学校では応援部隊になれないけど、こうしてたまに手伝ってくれてる椿くん。

「えっとぉ……じゃあ、袋に入れていくので口を開けててもらっていい？」

「はいよ〜！」

　ふたりで作業すると早い。今日は全部で16個作れた。

　少しでも多く渡せたらいいな。

「ねえ、この切れ端もラッピングすんの？」

　椿くんは、切れ端を指す。

「これは余ったやつだからしないよ」

「じゃあ俺が食ってもいい？」

「もちろん。でも、またお昼にきっと渡せるはずだけど」

　余ったものは、相変わらずエクセレントルームでふたりが食べてくれるんだ。

「それはそれとして、これも食う〜」

　嬉しそうな椿くんは私に向かって口を開けた。

「えっ……」

　こ、これは……。

　あーんしてってこと？

　それは結構恥ずかしい。

「早く───」

　でもニコニコしながら待っている椿くんを見ていたら、母性がくすぐられてきて。

　特別な意味があるわけじゃないからいいよね、と納得してその口に入れようとしたら。

　え？

　寸前で消えたミルクレープ。

　いや、正しくはちゃんと口の中に入ったんだけど……。

　私と椿くんの目線は、ゆっくりと同じ方に流れて。

「えええっ!?」

　そこでモグモグと口を動かしているのは、刹那くんだった。

「おいっ、なにすんだよ」

「刹那くん!?」

　私と椿くんの声が重なる。

　いつの間にいたの？

「それ俺のだって！」

「うまいうまい、で、俺はなにしたらいい？」

　ゴックン、と飲み込んでひと言。

　しれーっと言う刹那くんは、シャワーを浴びてきたのか。

　髪の毛が濡れた刹那くんは眩暈《めまい》がしそうなほどかっこよくて。

　ほのぼのしていた空気からは一転、全身に血が駆け巡る。

　……私今、真っ赤になっちゃってないかな。

　だって、ドキドキしてるんだもん。

　ほんと、私の体は正直だ。

「おーい、お前あとから来たくせにいいとこだけ持ってくなよ。あーあ、寧々ちゃんに食べさせてもらえるとこだったのに」

「お前に食わせてたまるかよ」

　ええとぉ。

　目の前で繰り広げられるやり取りに、心臓はもう大あばれ。

　……ふふっ。

　だけど、こんな日常が、今の私にはすごく幸せ。

　選挙に勝てる気は全然しないから、ここでの生活もきっとあと少しだ。

　そう思うと、すごくさびしくなった。

　エクセレントメンバーの手を借りられるのはここまで。

　学校に行ったら、ひとりで頑張らないといけない。

　少しでも顔と名前を知ってもらうために、最近は学生ホールだけじゃなくて、教室のあるフロアを歩いたりもしている。

　それも、休み時間ごとに。

　待ってるだけじゃなくて、自分から飛びこんでいったんだ。

「来栖寧々です。よろしくお願いします」

　まだまだ白い目で見られることも多いけど、ここまで知名度もないと開き直れるから不思議。

　ここへ編入する前の自分からは考えられないくらい、度胸もついたんじゃないかな。

　それも、陰で応援してくれる刹那くんと椿くんの存在があるから。

「琴宮妃花をよろしくお願いします」

　1年生のフロアを歩いていると、私の正面から琴宮さん陣営がやって来た。

　うわっ。

　校内は広いのに、かぶっちゃうなんて。

　だけど、今から逃げるのもかっこ悪いよね……。

　琴宮さんは、廊下にいる人たちの多くから握手を求められて、笑顔でそれに応じていた。

　選挙まであと10日を切ったこともあり、琴宮さんの選挙活動は前よりも過熱して、応援部隊は2倍にも3倍にも膨れ上がり、今や大名行列。

　ここは、過ぎ去るのを待とう——と、壁際によろうとした時、

「ひゃっ……」

　列の中の誰かの肩が当たって。

　はずみで、カゴの中から飛びだすミルクレープ。

　やわらかいそれは、床に落ちてぐしゃっと形が潰れてしまった。

「あっ……」

　シーンと静まり返る廊下。

　みんなの視線が一気にそこに集中するのがわかる。

「やだ。落ちたものなんて、もう誰も食べれないいわよね～」

　床を見つめながらでもわかるこの声は、琴宮さん。

　……琴宮さんの行列にぶつかったからこうなったの。って言いたい気持ちをグッと堪えて。

　拾わなきゃ。

　惨めな気持ちで床に落ちたそれに手を伸ばすと、横から誰かの手がのびてきた。

　え――と顔を上げると。

「俺は食えるけど」

　ミルクレープを拾ったのは、

「琉夏くんっ！」

「えっ、どうしてっ!?」

　ざわざわ。

　人気者の彼の登場に、あちこちからあがる声。

「……っ!?」

「やだ、なんで？」

　驚いているのは彼の行動に、だ。

　私だってそう。

　拾ってくれたことにもびっくりだけど、それを袋から出して口へ入れたのだ。

「エクセレントが手を貸すのは選挙違反だよっ」

　琴宮さん側の誰かがそう叫ぶと、

「落としたものを拾ってあげただけで、手を貸すっていう？
そもそも、エクセレントの俺が、見て見ぬフリする方がど
うかと思うけど」

　迷いなく堂々と言い放つ姿に、とたんに貝のように揃っ
て口を閉ざす彼女たち。

　完全に、琉夏くんの流れに持って行ってしまう。

　それどころか、そんな態度に顔を赤らめている女の子が
続出。

　……さすが、恋の伝道師。

　みんな、琉夏くんの魔法にかかっちゃったみたい。

　いつにない琉夏くんの紳士な態度に、私は目を丸くする
だけ。

「じ、時間ないから行くわよ」

　そんな中、琉夏くんの魔法にかかってない琴宮さんがじ
れったそうに促す。

　琴宮さんのひと言で、一行はハッとしたようにゾロゾロ
と去って行った。

「あの、ありがとう」

　カラカラに乾いた口は、お礼を言うのに少しもたついて
しまった。

　だって、琉夏くんが私の味方をしてくれるなんて。

　今まで、スイーツ作りの手伝いどころか、私がローズじゃ
なくなってもどうでもよさそうだったのに。

「じゃーねー」

　琉夏くんはいつものようにシニカルな笑いを残すと、手をひらひらと振りながら行ってしまった。

　あー、なるほど。

　私の味方……ってわけでもないみたい……？

　ただ、こういう状況が気に入らなかっただけなのかも。

　だよね。あの琉夏くんだもん。

　そんなことを思いながら琉夏くんの背中を見送っていると、わらわらと集まってくる１年生の女の子たち。

「私ももらっていいですか？」

「これ、ミルクレープですか？」

　目をキラキラさせながらカゴを覗き込んでいる。

　えっ？　もらってくれるの？

「ど、どうぞ！」

　なぜ!?

　願ってた状況なのに、突然こうなるとどうしていいかわからなくてテンパっちゃう。

「わっ、かわいい」

「メッセージもついてる！」

「ほんとだ。今日もいい日になりますように、だって。こういうの嬉しいよね」

　添えてあるメッセージに歓喜してくれる女の子たち。

　そんなふうに会話する彼女たちの背中を見て、ジーンと胸が熱くなる。

「私もください！」

　気づくといつの間にか列ができていて、あたふたしなが
ら手渡していると、カゴの中にあったミルクレープはあっ
という間になくなってしまった。
「もうないんですか？」
「えっと、ごめんなさいっ」
　こんなこと初めて。
　頭を下げると、残念そうに散り散りになっていく１年生。
　一体、どうしたんだろう……。
　……あ。そっか。
　琉夏くんの行動に賛同した人たちが、私のお菓子に興味
をもってくれたのかも。
　琉夏くんありがとう！
　さすがエクセレントの力。
　だからこそ、選挙活動に手を貸したらいけない理由がよ
くわかった気がした。
　そんなことがあってから、状況は劇的に変わった。

　休み時間。
　いつものようにスイーツをもって練り歩こうと準備して
いると、教室の外がガヤガヤ騒がしくなって。
　琴宮さん陣営の子が、ドアを開けて廊下の人たちを制す
る。
「妃花さんとの握手なら──」
「来栖先輩、今日もお菓子ありますか？」
　開いたドアから顔を覗かせていたのは、昨日お菓子を受

け取ってくれた女の子数人。

　琴宮さんには目もくれず、私に向かって息を切らして声をかけてくる。

「えっ？」

　琴宮さんは戸惑いを隠せない様子で、眉をしかめている。

　私も同じ。

　だって、私のお菓子を求めてやってきてくれる人がいるのが信じられなかったから。しかも、すごい勢いで来てくれたみたい……。

　彼女たちは少し照れくさそうに口を開いた。

「私、ずっと気になってたんですけど、なかなか勇気が出なくて」

「でも、先輩の頑張り、ずっと見てました！」

「選挙では、来栖先輩に票を入れますから！」

　彼女たちは、琴宮さんを恐れもせず堂々とそう言ってくれる。

　ほんとに……？

「よかったな。早く行きなよ」

　嬉しさのあまりぼーっとしていた私の背中を刹那くんが促す。

　その顔は本当に嬉しそうで、ようやく現実味が帯びてくる。

「う、うんっ！」

　私はカゴを大事に抱え、廊下へ飛び出した。

『あなた、頑張ってるわね』

『ひとりじゃ大変でしょ？　私たちも手伝うわ』

　それからは、下級生だけじゃなく、同級生や先輩もお菓子を手にしてくれる人が出てきて、さらには活動する側に回ってくれる人も現れたんだ。

　公約に対しても、賛同してくれる人が思ったよりたくさんいて。

　頑張ってれば、見てくれてる人は必ずいる。

　刹那くんの言う通りだったよ。

　嬉しくて、涙が出てきそう……。

　今では、刹那くんと椿くんもフルでお菓子作りを手伝ってくれて、40〜50個用意するようにしても全部なくなってしまうほどだった。

　選挙活動も軌道に乗ってきて、選挙まであと数日になったある夕飯時。

「うーん……」

　難しい顔をしている椿くん。

「やっぱりおかしい」

　さっきからひとりでブツブツ独り言を言っている彼が気になってしょうがない。

「なんだよ、椿」

　それは刹那くんも同じだったようで、しびれを切らしたように問いかけた。

「最近、毎日ここで夕飯食ってるよな」

　うん。

「しかも今日土曜日だよ?」

　うんうん。

「だからなんなんだよ」

　その質問を投げられたのは琉夏くんで、面倒くさそうに答えながら器用にフォークを動かす彼には、私も同じ意見。

　週の半分は一緒に夕飯を囲まない琉夏くんが、ここのところ、夜出歩かずに一緒にご飯を食べて。

　休みの日だっていうのに、ちゃんと寮にいるなんてびっくりしちゃう。

　みんなで食べられるのはいいことだけど……。

「女の子のところにいかない琉夏なんて琉夏じゃない」

「俺をなんだと思ってんだよ」

　琉夏くんの視線は上がることはない。

　いつものように気ダルそうな態度で、フォークとナイフを動かし続ける。

「そりゃー……んんっ」

　私の目を見て、咳払いした椿くんは言葉を飲み込んだ。

　……だいたい言いたいことはわかってます。

　今更濁したところで、って気もするけど。

「……まさかお前」

　ぼそっとつぶやいた刹那くんの声を聞き逃さなかった。

ん?

　まさかって?

　チラッと見ると、ものすごい怖い顔で琉夏くんを睨んでるように見えた。

　琉夏くんは聞こえているのかいないのか、そんな刹那く
んはフル無視で。
　まさか、なんなんだろう……？
　私にはさっぱりわからなかった。

琉夏くんのお願い

　選挙を数日後に控えた夜。
　リビングのソファで、久々にのんびりテレビを見ていたら、
「なあ」
「うわあ、びっくりした！」
　いきなり琉夏くんが現れるからソファから飛びあがってしまった。
「……なんだよ、んなに驚いて。ちょっと手伝ってほしいことあんだよ」
　バツが悪そうに突っ立つ琉夏くんは、親指を自分の部屋の方に向けた。
「な、なんでしょう……」
　なんとなく、琉夏くんと話す時は敬語が出ちゃう。
　ミルクレープ事件があってからは、少しはマシになったけど。
「とにかく、来て」
　それだけ言うと、さっさと歩いて行ってしまう。
「えっ、あの」
　——バタン。
　そして、閉まる琉夏くんの部屋のドア。
　なんで先に行っちゃうかな……。
　もうっ！　って思いながら後を追ってドアをノックした。

「うわあっ」

　すると、すぐそこで待っていたのか、開いたドアから琉夏くんの手が伸びてきて、転がるように部屋に引きずりこまれる。

　入って、驚いた。

　今度は違う意味での感嘆が出る。

「うわあ……」

　壁には奇抜な色使いの幾何学模様や、女の子のヌードをデッサンしたものが無造作に画鋲刺しにされていたから。

　これ、全部琉夏くんが描いたのかな？

　思わず近寄ってガン見。

　女の人のハダカを見るなんて、イラストだって普段なら恥ずかしいのに、全然いやらしさとかがないの。

　芸術って、こういうことなんだ。

「まじまじと女のヌード見るとか、アンタって実は変な趣味あったりして」

　肩越しに吐息がかかりビクッとした。

　振り向くと、すぐそこに琉夏くんの顔があった。

　口元をにやりと上げ、意味深な顔で。

　やだっ。琉夏くんほったらかしで絵に夢中になっちゃった。

「そ、そうじゃなくてっ……。こうやって見ると、いやらしさとかないんだなあ……って」

　少なくとも、描いている時はエッチな気分などないんだと思う。

　思ったままの感想を口にすると、

「だったら、いいよね」

　怪しく光る目。

　な、なにが……？

　目に怪しげな色を浮かべていて、募る警戒心。

「手伝ってほしいってのは、こういうこと」

　そこには、美術室で見たのと同じ光景が広がっていた。

　イーゼルと白い画用紙。

　って。

「ええっ……！」

　ジリっと足が一歩後退する。

　もしかして、わ、私も、ハダカに……⁉

「む、無理無理無理〜！」

　状況を把握したら、一気に頭が冴えた。

　すばらしい絵に感動している場合じゃなかった！

「芸術だって納得してただろ？」

「それとこれとは話が別で〜」

　苦笑いしながら、ドアの方へ向かう。

　隙を見て、この部屋から脱出する機会をうかがう。

「出さないよ」

　そんな行動は読まれ、先回りされてドアに背をつけられ
てしまう。

「……っ、！」

「いいから、そこ座って」

「ほ、ほんとにムリだって！」

　ごめんなさい許してくださいと言わんばかりに頭を下げる。

「べつに、ヌードになれとか言わねえよ」

　うっそだあ。

　琉夏くんが頼んでくる絵のモデルは、ヌードしか思い浮かばないもん！

　あんなところを目撃しちゃったら、ね？

「第一アンタ、自分がヌードモデルになれると思ってんの？」

「へっ？」

「ヌードってのはね、それなりに描きごたえのある体をしてるってのが絶対条件なの」

「あ、そっか！」

　この間の女の子、胸がふっくらしてて形がよかったもんね。

　ってちがーう！

「琉夏くんっ！」

　それって、間接的に私の体が貧相って言ってます？

　まあ……間違ってはないけど。

　服の下を想像されているのかと思ったら、顔から火が出そう。

「アンタっておもしれーのな」

　今頃気づいたわ、なんて言いながら、琉夏くんはそんな私を見てクックと笑っている。

　うう……。

「いいから、とにかくそこ座ってよ」

　示されたのはベッドの上。

　え、ベッド？

　再び蘇える警戒心。

　だけど、ヌードってカン違いしちゃったのも気まずいし、今更ベッドだからって、拒否してもまたなにか突っ込まれそうだからおとなしく座った。

　琉夏くんはイーゼルの前に置かれた椅子に座り、すぐにさらさらと鉛筆が画用紙の上を滑る音だけが聞こえてきた。

　絵のモデルをするのは初めて。

　しかも、単なる美術の授業でもなく、もうプロと遜色（そんしょく）ないくらい才能がある人に描いてもらうのは、緊張する。

　私がモデルでいいのかな。

　少し長い前髪の間から覗く、その瞳の鋭さにドキッとする。

　こんな目……見たことない。

　キャンパスから顔をあげるたびにするどい瞳で睨みつけられるようなその目に、ゾクゾクする。

　琉夏くんが琉夏くんじゃないみたいで、落ち着かない。

　私は沈黙に耐えられなくて口を開いた。

「あ、あの」

「んー」

　手を止めずに返すそれは、聞いてるんだか聞いてないんだかわからない生返事。

「あの……琉夏くん、最近女の子と遊んでないの？」

「まあね」

「そ、そう……」

　あ、会話終わっちゃった。

　中途半端にこんな話題振って、自爆したかも、と思って
いると、

「なに、俺が女と遊んでた方がいい？」

「いやっ、そんなことはないよ。うん、そうじゃない方が
いい、と思う……」

「ふーん……アンタがそう言うなら、そうするよ」

　手を止めずに、サラッと言った言葉に首をかしげた。

「うん？」

　私が言うならって……。

　でも、女の子をたぶらかすのはよくないことだし。

　これでいいんだよね？

「だから、これからはアンタに俺専属のモデルになっても
らうよ」

「えっ、でも練習なら刹那くんや椿くんでも——」

「俺は女の子しか描かない主義なの」

　言い切られて、押し黙る。

　えっと……。

　やっぱり自爆しちゃった？

　ヌードはないと思うけど……琉夏くんが女の子と遊ぶの
と引き換えに、私が絵のモデルをするなんて。

　プレッシャーしかなくて頭を抱えた。

運命の選挙

朝の光で目が覚めた。

今が一番日が長い時期だから、目覚めが早いのは不思議なことじゃないけど、今日は特別。

——ローズ選挙の日だから。

カーテンを開けて、窓の外を眺める。

「きれいだなあ」

ここから見る朝焼けってこんなに素敵だったんだ。

そういえば、ゆっくり見たこともなかった。

なんだかんだ、バタバタした日々をすごしていたんだな。

でも最上階から眺めるこの景色を見られるのも今日が最後かもしれない。

そう思うと、なんだか寂しい……。

顔を洗って制服に袖を通して、いつものようにダイニングへ。

焼きたてパンやコーヒーのいい香りが充満するリビングでは、今日も数名の職員さんと共に朝の配膳のお手伝いをした。

「おっはよー」

今日も朝から元気な椿くん。

「おはよ、寧々」

続いて、神々しいオーラをまとった刹那くん。

いつもみたいに、私の頭に手を乗せて優しく微笑んでく

れる。

「おはよ、琉夏」

　声をかけた椿くんに、眠そうに片手だけ挙げて席に着く琉夏くんもいつもの光景。

　もう見慣れたそのすべてが、今日で最後かもしれない。

「あの」

　いただきますをする前に、私からみんなに声をかけた。

　一斉にみんなの視線が集まる。

　ふぅ。

　大きく呼吸して、ひとりひとりの顔をゆっくり見つめる。

「皆さん、今日までお世話になりました」

　やだ。もう涙が出てきちゃいそう。

　声が震えた私に、ため息と共に呆れ声を吐き出す刹那くん。

「なんだよそれ」

「だって……」

　みんなだって、私が勝てるとは思ってないでしょう？

「負ける気でいんの？」

　語気を強めた刹那くん。

　……目線が下がる。

「それは……」

　勝ちたいけど、勝てる確率はほとんどないよ。

　応援してくれる人が増えたのは事実だけれど、そこまでは……。

「刹那も怒るなって。ま、食おうぜ、景気づけに」

　パン——と手を叩いて、琉夏くんがスプーンを手に取った。

「はあ？」

　明らかに不機嫌な色を隠さない刹那くん。

　なんだか、ふたりの間がバチバチしているのは気のせい……？

「んもー！　朝からそんな顔しないでスマイルスマイル」

　にーって笑った椿くんにつられて、私も笑った。

　選挙は5時間目。

　選挙権は今日出席している全校生徒に与えられていて、全員が選挙会場である講堂へ向かう。

　私も緊張がマックスの状態で講堂へ。

　緊張で口の中の水分が全部もっていかれちゃって、お昼ご飯はまったくのどを通らなかった。

　私の席は……壇上らしい。

　エクセレントの3人と、候補者のふたりの席は壇上に用意されていて、不穏な視線を感じると思ったら、琴宮さんがばっちばちに私を睨んでいた。

「ふんっ」

　ひええ……。

　私のことなどライバル視すらしていなかったはずなのに、最近はすごく対抗意識を感じる。

　そんなことしなくても、琴宮さんには及ばないのに……。

　彼女には信者って言葉がぴったりなくらい、根強い支持

者がたくさんいるんだから。

　選挙の間、ずっと隣り合って座らなきゃいけないのはつらい。

　おどおどしながら座ろうとした時、

「……っと」

　腕が引っ張られて、そのまま壇上の隅に連れて行かれた。

「せ、刹那くん……」

　明かりの届かない暗幕がひかれた舞台袖で、向き合う。

　表情はよく見えないけど……だからこそ、刹那くんを真正面から見ることができた。

「俺は、寧々がローズでいられると信じてる」

　私の指先をぎゅっと握る手は、とても冷たい。

　いつも温かい刹那くんの手は、少し震えていた。

　……緊張してるのは、私だけじゃないんだ。

　自分のことのように緊張してくれているんだと伝わって、熱いものがこみあげてくる。

「……ありが……とうっ……」

　震える唇でなんとか口にした。

　これ以上口を開いたら、想いが溢れちゃいそうだった。

　──好き。

　刹那くんを知ったら、好きにならないのは無理だった。

　知れば知るほど好きになっていった。

　だけど……私がローズじゃなくなったら、好きでいる資格はない。

　だから、精一杯のありがとうを伝えた。

　握る手に、ぎゅっと力を込められる。

「寧々がローズに選ばれるって信じてる」

　……ありがとう。

「ローズには、寧々が一番ふさわしい」

　エクセレントのトップに……刹那くんにそんなふうに
言ってもらえるだけで、私は幸せ。

「だから、万が一寧々がローズを降ろされるようなことが
あったら……」

　そのあと刹那くんは、とんでもないことを言ったん
だ──。

「それでは、ただいまよりローズ不信任案可決により、
選挙を行います」

　生徒会の仕切りで、選挙が始まった。

　選挙と言っても、生徒たちが投票箱の中に投票用紙を入
れる……という行為を壇上から見守っているだけ。

　学年別に用意された箱に、呼ばれたクラスごとに投票し
ていく。

　国政選挙みたいな、銀色の重厚な箱。

　投票用紙はマークシート式で、私か琴宮さんどちらかを
マークするというもの。

　専用の機械で集計すれば、すぐに結果が出るらしい。

「それでは、エクセレントの３人、投票をお願いします」

　椿くんは私の顔を見てニコリとすると、投票口に用紙を
差し込み、軽やかに手を離した。

　刹那くんは厳かな表情を変えることなく、粛々と投票す
る。

　ふたりは私に投票してくれているはずだけど、琉夏くん
は……わからないや。

「最後に、候補者のふたりの投票となります」

　先に立ち上がった琴宮さんに続いて、私も投票箱へ。

　入れる寸前、琴宮さんと目が合った。

「あなたなんかには絶対負けないから」

「……っ」

　ここまで琴宮さんを追い込めただけ、頑張ってきた価値
があったのかも。

　そうして、投票はすべて終わった。

　これから、この場で生徒会や先生たち総出で開票作業が
行われる。

　不正がないよう、全校生徒の目の前で。

　私はその様子を寿命が縮まる思いで見守っていた。

　同じく壇上で険しい顔で座っている刹那くんが気になっ
てしょうがない。

『万が一寧々がローズを降ろされるようなことがあったら
……　──俺もエクセレントを降りる』

　あの時、刹那くんはそう言ったのだ。

　そんなことがあっていいわけない。

　総合1位っていう、エクセレントの鑑のような刹那くん
がエクセレントでなくなるなんて。

　そんなことを言われたら、自分がローズでいられるかの

前に、そっちが気になって今にも倒れそう。

「皆さん大変お待たせいたしました」

　声高らかに、生徒会長が呼びかける。

　マイクの先にみんなが注目する。

　手が、震える……

「開票の結果、琴宮妃花351票、来栖寧々350票。よって、ローズは琴宮妃花さんに決定いたしました！」

　……っ……。

　負けた。

　拍手に包まれる中、ガクッと力が抜けて、体が前傾姿勢になる。

　1票差……。

　ここまで善戦できたのに、1票で負けるなんて。

　だけど、それが私と琴宮さんの差なんだ。

「私の勝ちね。1票差でも勝ちは勝ちよ」

　琴宮さんは私に向かってそう言うと、満面の笑みで壇上の中央まで進んだ。

　……仕方ない。これが公平な結果なんだ。

　350票も集められたことに感謝しないと。

「くそっ！」

　椿くんは悔しさを露わにして、琉夏くんも、珍しく神妙な表情。

　あんなに可愛い琴宮さんがローズに選ばれたんだから、嬉しいんじゃないの？

　それとも。

　琉夏くん、私に投票してくれてたのかな。

　刹那くんは……どこか遠く、一点を見つめている。

　みんな……ごめんなさい。

　スポットライトを浴びて拍手に包まれてる琴宮さんのうしろで、私は心の中でみんなに謝る。

「さあ、リボンを渡して」

　拍手が落ち着くと琴宮さんは私の前まで歩みより、キレイな白い手を差し伸べた。

　そうだ。

　ローズの証、銀色のリボンを明け渡す時がきたんだ。

　この銀色のリボンともお別れか。

　可愛くて気に入ってたのに。

　琴宮さんは、自分の赤いリボンをすでにはぎ取り待っている。

　胸元に手をかけ、リボンを外そうとしたその時だった。

　──バァァァン！

　大きな音が響き、明かりが落ちた座席に光が差し込んだ。

　ここから一番遠い、正面奥の扉が開いたのだ。

「来た」

　背後で刹那くんが小さくつぶやいた。

　なにが来たの……？

「待て。まだ投票は終わってない」

　そう言ってゆっくり階段を下りながら、こちらへ近づいて来る人影。

　誰……？

　明るい壇上からじゃ、その人物の顔がよく見えない。

「えっ、まさか」

　椿くんが腰を浮かして目をこする。

　誰なの……？

　壇上の光が届いてその人の姿が映し出された時、私は息をのんだ。

「白……樺……くん？」

　深い青色の髪をゆらしながら、ゆっくり壇上への階段を上り投票箱の前に立つ。

　それは、やっぱり白樺くんで。

「これが俺の投票権だ」

　会長さんに手渡す。

「は、はいっ」

　戸惑いながらも受け取った会長さんはその紙を見て、困ったように目を泳がせた。

「なにもたついてんだよ」

　琉夏くんがそれをさっと取り上げる。そして、

「へー……」

　面白そうに笑った。

　なに、どうしたの。

　突然沸き起こった嵐に、私はまだついていけない。

　琉夏くんはいまだ固まっている会長さんからマイク奪い取り、声を張り上げた。

「来栖寧々に票が入った！」

　えっ……。

「そんなっ……」

　私が声を上げるより早く、琴宮さんが顔を真っ青にして唇を震わせた。

　そして、すぐに会長さんに確認する。

「でもっ、これで同票なのよね。だったら、また決戦投票を。決戦は、有権者の中から無作為に選んだ10%の──」

「その必要はない」

　遮ったのは、刹那くんだった。

　選挙の間、ずっと険しい顔をしていた刹那くんが、水を浴びた魚みたいに生気をとりもどし、壇上の中央までゆっくり歩く。

「エクセレントの持ち票は２、それを忘れたのか？」

　エクセレントはみんなとは違い、選挙時の持ち票はひとり２票と決まっているんだ。

「それは知ってるけど、どういう関係が……」

　刹那くんが、講堂に響き渡るような声で叫ぶ。

「今入ったのは、エクセレント票だ‼」

　ざわざわざわっ。

　講堂が今日一番のどよめきに包まれた。

　嘘っ……白樺くんて……。

「白樺凰我は、エクセレントだからだ！」

　全員の目が、白樺くんに集まる。

　白樺くんは、ポケットに手を突っ込むとネクタイを取り出し、いつも開襟している首元に緩く結ぶ。

　それは、エクセレントの証、銀色のネクタイ。

　ウソッ！

　白樺くんが、最後のエクセレントだったなんて――！！

「よって、352票対351票で、来栖寧々が正式にローズと認められた！」

　わあああああああぁぁぁぁ……っ！

　講堂内は、悲鳴と歓喜が入り混じった。

　その日の夜。

　エクセレント寮にて。

「無事にここへ帰ってくることができました。ありがとうございました」

　選挙期間中のお礼を改めてみんなに告げた。

「当然の結果だよなー！　俺は寧々ちゃんがローズになれるって疑ってなかったよ」

「嘘つけ、お前泣きそうになってじゃねえか」

　琉夏くんに冷やかされて真っ赤な顔になる椿くん。

「なんだよ！　琉夏だって寧々ちゃんに追加票が入った時、興奮してただろ！」

「まったく覚えてねえ」

「俺ははっきりこの目で見た！」

　あの時の緊張が嘘のように、和やかな雰囲気で迎える夜。

　うん。

　私もあの時の琉夏くんをはっきり覚えている。

　少なくとも、私がローズに再選したことを残念には思ってなさそう……だよね？

「改めて、よろしくお願いします」

　頭を下げるとパラパラと拍手を送ってくれる３人。

「選挙でローズが選ばれたことは歴代初なんだし、誰もが認めたローズってことだ。もっと堂々としてろ」

　刹那くんの言葉は、いつだって自信をくれる。

　優しい眼差しにニコリと笑って返してから、ある疑問を口にした。

「もうひとりのエクセレントって、白樺くんだったんだね？」

　みんなもびっくりしたよねって意味合いで問いかけたんだけど。

「そうだよ」

　って、椿くん。

　当たり前のように言うから「へっ？」てマヌケな声が出た。

「まあ、頭脳部門の１位はアイツしかいねえもんな」

　琉夏くんまで。

　……そっかあ。みんな知ってたんだ。

　確かに、テストの順位が２位という時点で気づくべきだったのかも。

「ていうか、あいつ学園長の息子だもん」

　は、い……？

　今、とんでもないワードが聞こえた気がするんだけど……。

「白樺凰我って名前の中に、学校名の白凰が入っちゃって

るもんな。誰も逆らえないって。それでエクセレントなん
て、もうアイツには怖いもんナシだろ」

「もとからだろ」

　揶揄（やゆ）するように突っ込む琉夏くんも、当然のように言う。

「寧々ちゃん、すごい顔してるよ」

「知らなかった……」

　放心状態の私を見て、椿くんがククククッと笑う。

「まあ、息子ってのもあるだろうけど、学力では誰も文句
が言えねえからな」

　確かに刹那くんの言うこともわかる。

　あれだけ授業をさぼっているのに、学年２位をたたき出
しちゃうのは、もともとの頭の造りが違うとしか言いよう
がない。

「だから、白樺が寧々ちゃんに投票しに来たのもびっくり
だったよな！　エクセレントとか無関心なくせに」

「ほんと、命拾いしたから白樺くんには感謝しないと……」

　最後の票で私の運命が決まったんだから。

「ところで……どうして白樺くんは、エクセレントを拒否
してるの？」

「まあ、親父への反抗心と──」

　椿くんは言いかけて、うかがうように刹那くんの顔を見
る。

　……と？

「余計なこと言ってんなよ」

　それに対し、低い声で牽制（けんせい）する刹那くん。

　ん？

　刹那くんとなにか関係が？

　なんだか、まだまだ私にはわからないことがありそう。

　そのうちわかるかもしれないし、今は余計なことに突っ
込むのはやめておこうと思ったのでした。

5人目のエクセレント

「もっと口開けて」

「胸を張って、顎引いて」

　ある日の放課後。

　つぎからつぎへと琉夏くんから飛んでくる要求に、私はテンパっていた。

　ここは琉夏くんの部屋で。

　この間言った通り、本当に私を専属モデルにするみたいで、今日も呼ばれたのだ。

　これもローズとしてのお役目。

　琉夏くんが女遊びをしなくなると思えば、このくらい……！

「えっと、こう、かな」

　はっきりいって、琉夏くんの前でするのは恥ずかしいようなポーズの上、私は要求に全然応えられてないみたいなのです。

「なに恥ずかしがってんだよ」

　いくら琉夏くんとはいえ、この時ばかりは女の子をあくまで絵のモデルとして見てるんだろうし。

　恥ずかしいもなにもないけど、モデルのプロでもない私はそりゃあやっぱり恥ずかしいわけで。

「そうじゃねえよ」

　しかも、怖い。

　大股で歩いてきた琉夏くんは、私のリボンを外すとシャ
ツのボタンをふたつ外した。

　ひっ！

　大事なローズのリボンが、雑にベッドの上に放り投げら
れる。

「……っ！」

「悪い、いつもの癖で」

　固まった私を見ると、琉夏くんはハッとして頭を乱暴に
かきながら椅子に戻って行く。

「だ、だいじょうぶ……」

　は———、ちょっとびっくりした。

　けど、それくらい絵に集中してるってことだ。

　すごいなあ。

「そうそう……いいよ」

　ふっと目元が柔らかくなって、そう言われると嬉しくな
る。

　琉夏くんに、惹かれる女の子の気持ちがわかったような
気がした。

　女たらしとか、女遊びが激しいとかそういう噂を知って
もなお、彼に惹かれる女の子の気持ちが。

　絵を描かれている時は、精一杯愛されている……そんな
錯覚に陥ってしまうんだろう。

　女たらしとか恋の伝道師っていう異名を持つだけのこと
はある。

「俺、小６の時に母親亡くしてんだよ」

　手を動かしながら琉夏くんがつぶやいた。

　えっ、と思わず琉夏くんに顔を振ると、

「目線」

　すぐに注意されてしまう。

「……はい」

　この状況でポーズをとり続けるのは酷{こく}なこと。

　だけど、琉夏くんはそのまま話し続けた。

　お母さんが亡くなってからは、家政婦さんが食事の世話をしてくれていたけれど、琉夏くんは一切手をつけなかったのだそう。

　何度家政婦さんが変わってもそれは同じで。

　理由は、家庭料理を食べると、料理上手だったお母さんを思い出してしまうから。

　だからコンビニで買ってくるご飯ばかり食べるようになり、荒れた食生活を送る琉夏くんを心配したお父さんが、ここへの進学を進めたみたい。

　寮の食事はバイキング形式で、しかもとっても美味しい。

　琉夏くんにとってもそれはいいことで、偏{かたよ}っていた食生活から解放されたらしい。

「……ガキだよな、俺」

　鉛筆を置いた気配を感じ、私も体の力を抜いて琉夏くんに視線を送る。

　もう、なにも言われなかった。

　琉夏くんは、少し目線を上げて遠い目をしていた。

　こんな琉夏くんを見るのは初めてだ。

「そんなこと、ないよ……」

　私にはない経験だから、軽々しく言えないけど。それは経験した人にしかわからないことで、常識とか、理屈とか、そういうんじゃないんだと思う。

　気づけば、私の頬には温かいものが流れていた。

「……同じ、だったんだよ」

　沈黙の部屋に静かに落ちた声。

「アンタが作った肉じゃが」

「え……」

「母親の味と」

　どくんっ。

「だからさ、また作ってよ」

　私を見つめる瞳は、絵を描いている時とも違い。

　女の子を誘惑している時とも違い。

　哀愁の混じったとても柔らかいものだった。

　上がる口角も、どこか優しさを感じる。

　琉夏くんに、こんな部分があったのかと驚いてしまうくらい。

　もしかして……私の作ったご飯をまた食べたいと思ってくれて、毎日ここで夕飯を食べてる、とか？

　けど、そんな自惚れたことは聞けない。

「う、ん」

　そう言うので精一杯だった。

　琉夏くんが、椅子から立ち上がってこっちに近づいて来る。

「男の前で泣くのは反則」

「あっ」

　慌てて、頬に流れた涙を拭く。

　そんなこといっても、これは不可抗力なのに。

　すっ……と、隣に腰かけてきた琉夏くん。

　ふかふかのベッドがさらに沈み、反動で琉夏くんの方に体が傾いた。ふいにぶつかる肩と肩。

「あー、こんなはずじゃなかったんだけどな」

　わしゃわしゃと髪をかきむしる琉夏くんは、よくわからないけど自分と戦っているようで、

「アンタには手を出さないって決めてたのに無理そー」

　さらっと顔を近づけてきたから、反射的に体をうしろへ下げた。

　すると琉夏くんはおかしそうに笑って、

「ニブそうなのに、危機能力だけはいっちょまえとは」

　ごく自然に肩に手をまわしてきた。

「そんな寧々ちゃんには実力行使でいくしかないのか」

「ひゃっ」

　とんと押されてあっけなく倒れる体。

　目に映るのは、白い天井から……私を見下ろす琉夏くんへと変わった。

　今、目の前にいる人は、見境のない野獣（やじゅう）……。

　ま、まずい。

「俺がどんな男か知ってんだろ？　だったらさ、ダメじゃん、部屋にのこのこ入ってきちゃ」

「なっ……！」

　そ、そんなあ。

　言ってることが無茶苦茶では⁉と思うけど。

　そうだった。この人は、究極の女たらしだったんだ。

　私、もしかしてこのまま……。

　体が硬直した時。

「やめろ」

　琉夏くんの手をガシッと掴んだのは刹那くんだった。

　せ、刹那くんっ！！

「……んだよ」

　気ダルそうにベッドに腰かけ髪をかき上げる琉夏くんは

「いーとこだったのに」と吐き捨てる。

　ぜんっぜんいいとこじゃないよぉぉぉ。

　まだばっくんばっくんしている心臓を抱えながら、私は

ベッドからぴょんと飛び降りた。

　た、助かった。

　刹那くんが救世主に見えた。

「鍵かけとくんだったー」

「なに部屋に連れ込んでんだよ！　マジふざけんなって！」

　ヘラっと笑う琉夏くんとは対照的な刹那くん。

　焦りを含んだようなその目は、冗談じゃなくて本気で

怒っているようだった。

　こんな刹那くん、見たことない。

「連れ込んでるだなんて、人聞きわりいな」

「じゃあこれはどういうことだよ！」

234

　投げられたリボン。雑に開いた私の胸元。

　これはカン違いするのもわかる。

「絵のモデルになってもらってただけだ」

「そ、そうなのっ！」

　まったくその通りだから口をはさんだんだけど、刹那くんの険しい目が向けられる。

　その目は、琉夏くんをかばうのか？と言っている。

　うっ。

　だ、だけどそれは本当で……。

　琉夏くんは、さっきまで本当に描いていた画用紙をひらりとこっちに向けてきた。

　うわあ……。

　初めて見たけど、すごい。

　まだ途中だけど、私の人物画は実物の私の100倍は素敵だった。

　こんなに美化して描いてくれるなんて。

　それを見て、刹那くんは少しだけ勢いがおさまったみたい。

「もしかして、今日が初めてじゃないのか？」

　刹那くんの問いかけに、私はコクコクと首を縦におろす。

　はー、と大きく息を吐いてから、次は琉夏くんへ。

「じゃあどうしてモデルの上にまたがってんだよ」

「お遊びだろ、お・あ・そ・び」

「お前のくだらない遊びに寧々を巻き込むな」

「刹那クンは相変わらず厳しいですね」

「ふざけてるのか？」

「おっと、穏やかじゃないね」

　胸ぐらに手を伸ばす刹那くんに大げさに両手を上げる琉夏くん。

「け、喧嘩はやめてくださいっ」

　刹那くんが、いつもの彼からどんどんかけ離れていくのを見るのが怖くて。

　その声かけに、刹那くんは素直に力を緩めてくれた。

「こわこわ。そんなんじゃ寧々ちゃんに嫌われるよ？」

　フッと鼻であしらう琉夏くん。

「……言ってろよ。寧々行くぞ」

　私の手を引っ張って部屋を出て行こうとする刹那くんに素直に従うと、

　──ガタン、バタン！

　リビングの方で大きな音がした。

　椿くんが騒いでる声も聞こえる。

　なにごとだ、というように刹那くんは私の手を掴んだままリビングに向かい。

　そこにあった光景に驚愕する。

　キャリーケースを引っ張って立っているのは……なんと、白樺くんだった。

「今日からここに住むことにした」

　いきなり現れた彼に私はびっくり。

「はあ？　なんでだよ」

　と、琉夏くんみたいなことを言う刹那くんにも驚いてし

まう。

　エクセレントなら、本来ここに住むのが当たり前なのに。

　今までここに住んでなかったことの方が疑問なんじゃないの?

　……そうか。

　さっきのことで、まだイライラしているんだ。

「エクセレントの特権使った以上、周りにもバレたことだし、ここに住まないわけにいかないだろ」

　もっともらしい理由に私は納得したけれど、刹那くんはやっぱり明らかに不満を顔に出す。

「……チッ」

　しかも舌打ち。

　なんだか、刹那くんと白樺くんもばっちばちなんですけど……。

　そんなふたりを見て、私はオロオロ。

　白樺くんは、確かめるように言った。

「エクセレントの姫は、まだ誰のものにもなってないようだな」

　姫?　って何それ。

　彼の言っている意味がわかんない。

「だったら俺が立候補させてもらう」

　そう言って、こっちへ近づいてくる。

　立候補……?

　選挙は終わったばかりなのに、まだなにか選挙があるの?

　なんのことだか、私にはさっぱり……。

　すると、さっと私の前へ回り込み、それを阻止するのは刹那くん。

「ふざけんな、お前に寧々は渡さない」

　掴まれていた手は私の腰に周り、グッと抱き寄せられた。

「わっ」

　刹那くんと密着する体。

　え？　え？　いったいどういうこと？

　ふたりきりの時にはこういうことをされることがあったけど、今はみんなの前なのに。

　堂々すぎる宣言に、ぶわっと顔が熱くなった。

「アンタは、誰を選ぶんだよ」

　挙句には、白樺くんからそんな言葉が飛んできて。

　4人の視線が私に突き刺さる。

「え、選ぶ、とは……」

　困惑しながら目玉をキョロキョロさせる私に、琉夏くんは怪しく口角を上げた。

「聞いてそのまんまの通り。この中の誰になら抱かれてもいいかってこと」

「おい、言い方考えろ」

　えーっと……。

　刹那くんは琉夏くんをたしなめたけど、結局話の内容はそういう方向で間違ってないみたい。

　4人の目が、私をジッと見てる。

　もしかして、これはすごくキケンな状態なのでは……。

「そ、それではおやすみなさいっ！」

　私は刹那くんからもすり抜けて、自分の部屋に逃げ込んだ。

「それがローズの宿命なのよねえ」

　翌日。

　今、私の部屋には蘭子さんがいる。

　なんだかとんでもないことになりそうだと、久々に蘭子さんに助けを求めたのだ。

「……宿命、とは？」

「エクセレントから狙われるってことよ」

　さらっと言うけど、それ、穏やかな話じゃないよね……？

「んんっ、蘭子さんもそうだったんですか？」

　気を取り直して、咳払いして聞き返せば、

「まあねー」

　長い髪をサラッとかきあげて、まんざらでもなさそうな顔。

　さすが。

　琴宮さんが、ローズ像の象徴として蘭子さんの名前を上げていたくらい。それくらい伝説のローズなんだろう。

「私の旦那、当時のトップなの」

「ええっ‼　それって、エクセレント総合１位の人ですか……？」

「そうよ～、ふふっ」

　わあ。

　トップって……今のエクセレントでいうと。

　刹那くんだ……。

　思わず自分と重ねてしまい、ありえない未来を想像しちゃう。

　いやいや、絶対ナイ！

「寧々ちゃんが、刹那と結婚するみたいなものよ」

「うぐっ」

　妄想だけでも申し訳ないのに、そんな簡単に口にしちゃうなんて蘭子さん！

「私は、寧々ちゃんなら申し分ないわよ〜。妹になってくれたらむしろ嬉しい！」

「あはっ、それはっ……」

　返答に困ること言わないでください〜。

「ちなみにね、私の時のトップは、鳳我くんのお兄さんなのよ」

「へっ？」

　てことは……。

「白樺くんのお兄さんが、蘭子さんの旦那様……？」

「当たり」

「えええええええっ！」

　白樺くんのお兄さん、エクセレントだったんだ。しかもトップ。

　もう突っ込みどころ盛りだくさんで、どこから突っ込んでいいかわからない。

「だからかしらねえ、刹那と鳳我くん、仲悪いのよ」

　眉をひそめて困ったように肩をすくめる。

　そういえば。

　白樺くんがエクセレントをどうして拒否してるのか疑問に思った時、椿くんは刹那くんに意味深なこと言ってたなあ……。

「親戚同士の集まりにも姿を見せないし、姉としては仲良くしてもらいたいんだけどねえ。こればっかりは本人同士の相性ってものもあるし」

「そうなんですね……」

「凰我くんがエクセレントを拒否してたのも、それが原因かと思ってたんだけど。急に、自分がエクセレントだって公表して。要は、寧々ちゃんに投票するために、エクセレントの権限を行使したわけでしょ？　それって寧々ちゃんのことを気にしてなかったら絶対にないものね、うふふっ」

　うふふっ、て。

　そんなカワイイ目を向けられても困ります……。

「そ、それで、どうしたらいいかわからなくて……」

　正座をして小さくなった体をさらに小さく縮める。

　昨日のアレは、冗談なのか何なのか。

　今朝は、ダイニングのいつも空席だったところに白樺くんが座ってて。

　初めてエクセレントの5人が揃った食卓は、なんだかピリピリしてたなあ……。

「どうするもこうするも、ローズの彼氏はエクセレントっていうのはもうお決まりなのよ」

「……な、なぜですか？」

「だって、ここにいる男の子たちは学園のトップ4でしょ？
ローズほどの女の子が、わざわざそれ以外の男の子を選ぶ
理由がないじゃない」

「はあ……」

　わかるような、わからないような。

「男の子も同じ。ローズほどの女の子が一緒に住んでたら
なおさら。現に、寧々ちゃんがそうなんだから。時代は巡っ
てもそこだけは変わらないのね〜」

　そう言って、昔を思い出すような遠い目をする。

　そりゃあ、蘭子さんならエクセレント4人から取り合い
になるのは当然だろうけど。

　私なんかにローズっていう付加価値がついたから、みん
なの基準がおかしくなってるのかも。

　歴代のローズと一緒にしないほうがいいのでは……？

「ローズだった私からアドバイスできることは、エクセレ
ントの男たちはデキル男に間違いないから、誰を選んでも
大事にしてもらえるし、幸せになれるわよ」

　そう、まとめるように肩をポンと叩くと、「頑張って」
と他人事のように言って帰ってしまった。

バトル勃発!?

　翌日のお昼休み。

　エクセレントルームでひとりでお弁当を食べたあと。

　私はある人物を探すために、校舎内を駆けずり回った。

　まずは教室、そしてランチルームや特別教室も覗いてみたけど、見つからない。

「あ、もしかして！」

　私は外へ飛び出した。

　──いた。

　思った通り、また敷地内の芝生の上で寝転んでいる──白樺くん。

　さすがに暑いのか、大きな木の下の木陰になっているところに体を伸ばして寝転がっていた。

　授業は出ているけど、やっぱり昼寝はしてるんだ。

「……白樺くん」

　声をかけると、いつかのように片目だけを開く。

　私だとわかると、体を起こす。

　制服についた芝を軽く振り払って、木漏れ日に目を細めた。

「選挙のこと……ありがとう」

　昨日はあんなことがあって、ちゃんとお礼を言えてなかったから。

　私がしゃがんで白樺くんに目を合わせると、少し照れく

さそうに目線を外した。

　怖いって恐れられてる白樺くんも、照れ屋さんなのかも。

　お弁当をおすそ分けした時もそうだったよね。

「……礼ならアイツに言ったら？」

　口先だけで、ぼそっとつぶやく。

「……あいつ？」

「アイツが必死になって頼んできやがった」

「……」

「……この学園の模範生だ。わかるだろ」

　アイツ、を必死に考えていた私に、わかりやすく伝えて
くれた。皮肉っぽく。

「刹那、くん……？」

『——来た』

　白樺くんが現れた時、刹那くんはそう言ってた。

　それは、来るのを待っていたからだったんだ。

「お前の２票を無駄にすんな。投票はどっちにしてもいい
からって」

　刹那くんは、白樺くんがどちらに投票するかわからな
かったけど、投票を促したってこと？

「俺が琴宮に投票してたらどうしてたんだよな。バカじゃ
ねえの」

　白樺くんは、フッ……と、笑いを含みながら言ったけど、

「それでも、白樺くんは私に投票してくれたよね」

「……え？」

「だから、やっぱりありがとうには変わりはないよ」

　あの２票があったから、私は救われたの。

　心の底からお礼を言うと、白樺くんの顔がほんのり赤くなった。

「……マジでお前、そういう無自覚なとこが……」

　軽く睨むように言われて、ひいっ……って肩を縮める。

「つうか、本気だからな」

　キリリとした表情に戻して。

「え？」

「お前に立候補するって言ったこと」

　またその話……。

「そ、それはぁ……」

　苦笑いしながら立ち上がると、追いかけるように彼も立ち上がって。

「アイツのこと、好きなのか？」

「……っ」

　見下ろす鋭い瞳にたじろぐ。

　ここでの"アイツ"もきっと、さっきの"アイツ"と同じ。

　私が答えられないでいると、

「あんなヤツに取られてたまるかよ」

　突然手首を掴まれた。

　強引だけど、痛くはなかった。

「俺のこと、好きになれよ」

「……っ」

「好きなんだよ」

　憂いを帯びた瞳が、私を見つめる。

「ど、どうして、わ、私……」

　好きになってもらう理由がわからないよ。

　やっぱり……ローズだから……？

「俺は、怖がられるだけで、今まで誰も近寄ろうとはしな
かった」

　そう語る瞳は、どこか寂し気だった。

　学園長の息子という肩書きもあって、いろいろ苦労も
あったのかな。

「そんな俺に、声をかけてきたのがお前だ。無防備に近寄っ
て、弁当を分けてくれただろ」

「そ、それは……」

「俺のこと知らなかったとはいえ、『食べることは生きる
基本』って息巻くアンタが……なんだか眩しく見えたん
だ……」

　私を真っ直ぐ見つめる瞳は、普段教室でおそれられてい
るものとは違い、優しさに溢れていて。

　嘘には思えなかった。

　だからこそ、そんなふうに言ってもらうのが申し訳ない。

　だって、私は彼の想いに応えることはできないから……。

　これからも同じ寮に住み続けるのに、振るとか振られる
とか、そういうのはやっぱり嫌だよ……。

「ご、ごめんなさいっ……」

　私はその手を振り切ると、思いっきり頭を下げてその場
から駆け出した。

　その日の夜。

　お風呂から出て肩にタオルをかけた状態でリビングへ行くと、椿くんがひとりでソファに寝転がっていた。

「あ、寧々ちゃん、お風呂入ってたんだ」

「うん。いい湯だった」

　椿くんだけだとちょっと安心で、向かい側のソファに座る。

　刹那くんには、琉夏くんや白樺くんがリビングにいたらすぐ部屋に行け……って言われちゃってるくらい。

「椿くん、夏休みにどこか旅行にいくの？」

　椿くんがキャンディーをくわえて寝転がりながら見ていたのは旅行のパンフレット。

「そう、バリ島にね」

　ひょいっと起き上がった彼は、それを見せてくれた。

　どこまでも続く白い砂浜に、スカイブルーの海。

　見ているだけで心が躍る。

「うわ～、いいな～！　私も一度でいいから行ってみたい」

　目を輝かせながら言うと、

「父さんからは、連れていきたい子がいるなら連れてきなさいって言われてるんだ。寧々ちゃん、もしよかったら一緒に行く？」

「えーっ!?」

「寧々ちゃんと一緒に行けたら絶対に楽しいし！　ね、行こうよ」

　そうニコニコしながら言う椿くんは、じつはすごくお

ぼっちゃまなのかも。

　琉夏くんにそんなことを言われたら構えちゃうけど、椿くんだと冗談だとわかるから笑って流せる。

「私の場合、パスポート取得するところから始めなきゃ」

「え～、そこから～～？」

　ほらね。

　本気だったら、私がパスポートを持ってないことも笑えないはずだもん。

「お土産なにがいい？　なんでもいーよー」

「そんな、気を使わないでいいって！」

「気を使ってるのは寧々ちゃんでしょ。お土産くらい買ってくるって。バッグ？　コスメ？」

　てっきり、チョコやクッキーの話だと思ったら、まさかそんなチョイスをされるとは。

　やっぱり椿くんはお金持ちのおぼっちゃまだ……。

　ここはすごい人の集まりなんだなあと改めて思っていると、椿くんがふいに真面目な顔になって、

「ところで、寧々ちゃんは誰を選ぶの？」

「え？」

「思ったより早く、争奪戦が始まっちゃって困ったよ。俺完全に出遅れてるよねー？」

「えっとぉ……」

　そんなこと聞かれても、なんて答えていいのかわかんない。

「あ、俺を選んでくれてもいいんだよ？」

　ササ……とソファを移動して隣にやってくる椿くん。

「な、なに言ってるの……？」

　顔を近づけられて、ほんのり甘い香りが鼻をかすめる。

　今日は、グレープ味みたい。

「髪が濡れてるのって、色っぽくていいねえ」

　そう言って、まだしっとり濡れた私の毛束を指に絡める。

「っ、椿くん……？」

　椿くんて、そういうことするイメージじゃないから、戸惑いが隠せない。

　やだ、椿くんが椿くんじゃないみたいだよ。

「寧々ちゃんさー、俺が男だってこと、忘れてるでしょー」

　どんどん迫ってきて、今にも押し倒されそう……！

　目をぎゅっとつむって身構えていると、

「うわあっ！」

　大きな声を上げながら、椿くんがソファから転がり落ちる音が聞こえた。

　ええっ!?

　目を開けて見上げると、そこには般若みたいな顔をした刹那くんがいた。

「刹那くんっ！」

「はあ……椿もかよ。ったく、油断も隙もあったもんじゃないな」

　そう言って、髪をわしゃわしゃかきむしる。

「なんだよ邪魔すんなよー」

　頭を押さえる椿くんは、すっかりいつもの椿くんに戻っ

ていた。

「こっちはいつも邪魔されてんだよ」

　刹那くんは、バリ島のパンフレットを丸めると、ぱこっと椿くんの頭をはたく。

「寧々、もうどこにいても危険だ。これからずっと部屋に居て」

　ピシッと部屋を指さす刹那くん。

　ええっ？

　私、もう自分の部屋しか居場所がないの⁉

　それは嫌だなあ……。

　──ガチャ。

　ドアが開く音がして、みんな一斉に目を向ければ、そこには白樺くん。

　夕飯に姿を見せなかった彼は、今帰ってきたみたいだけど、昼間のことがあるから、私はとっさに目を逸らしてしまった。

　──けど、白樺くんは私の前まで歩み寄って、言った。

「昼間は、悪かった」

　それに反応したのは刹那くん。

「なんだよ昼間って」

　ふてぶてしい声色に、リビングの雰囲気が一気に悪くなる。

「お前に関係ない」

　チラリと視線を注いで面倒くさそうに答える白樺くんに、刹那くんは堂々と告げる。

「関係ある。寧々のことは俺がすべて把握する」

「彼女はまだ誰のものでもないだろ。彼氏づらすんなよ」

「……っ」

　これにはなにも言えなくなってしまったみたい。

　悔しそうに唇を噛んで、部屋へ向かう白樺くんを見送る。

「あーらら、珍しく刹那くんも言いくるめられちゃったね」

「……黙れよ」

「おーこわっ」

　椿くんがそんな刹那くんを挑発して、もっと空気が悪くなる。

　……もう。

　一緒の寮に住んでるのに、どうしてみんなで仲良くできないんだろう。

　でも、それは私のせいなんだよね。

　そう思うと、なんだか申し訳ない気持ちでいっぱいだった。

LOVE♡5

夏休み

　白樺くんも含めた5人でのルームシェアから数日がたち。

　最初はどうなることかと思ったけれど、少しずつ慣れてきた。

　蘭子さんも言ってた通り、利那くんと白樺くんは仲が悪いみたいでほとんど会話をしない。

　兄弟が結婚して親戚になるって、いろいろ複雑なのかも。

　私にはちょっとわからない世界だし、そんなふたりを静かに見守ることしかできない。

　といっても、白樺くんは終始無言だから、会話に新たな関係性はないんだけれど。

　でも、存在感だけはやっぱり半端ない。

「寧々ちゃん、夏休みは家に帰るの？」

　夕飯時。椿くんの問いかけに私は首を振った。

「家には誰もいないから、ここで過ごすよ」

　水道や電気が止まっていて生活環境も整ってないから帰れないんだ。

「そっかー、ご両親海外だったよね」

「そうなの。寂しいけどしょうがないよね」

　夏休みは、ほとんどの生徒が自宅に戻るみたい。

　ここで過ごす人も、お盆期間あたりで最低1週間は自宅

に帰るよう規則で決まっていて。

　私みたいにやむを得ない理由がある人は、書面を学校に提出すれば、ここにいられるんだって。

「みんなは……？　夏休みになったら自宅に帰るの？」

　そうなら、私ひとりでここに残ることになるんだなあ。

　さみしいなあ……と思いながら聞くと意外な返事が返って来た。

「寧々が残るなら俺は帰らない」

「じゃあ俺も」

「……俺も」

　刹那くんを筆頭に、琉夏くん、白樺くんと続いたその返事に私は慌てた。

「そ、そんなのダメだよっ！」

　私が残るせいで、みんなが帰らないとかありえない！

　おうちの人も、久々に会えるのを楽しみにしているだろうし。

「え———、ここは俺も帰らないって言うべき？」

　いつものように便乗しようとする椿くんは、楽しくてしょうがないって顔。

　悪趣味だなあ。

「真面目な話、どんな理由で帰宅拒否すんの？　絶対無理でしょー」

　椿くんに言われ、小さく舌打ちする刹那くんはムリだとわかってそう。

　だよね。

「今年は、8月10日から16日までは最低でも帰らなきゃいけないね」

　カレンダーを見ながら取り仕切る椿くん。

「早くても戻ってくるのは17日か。じゃあ、そこはみんな守ろうぜ」

　琉夏くんの提案に、刹那くんと白樺くんは渋々頷いた。

　なんだか、牽制し合っているように見える。

　お互いの様子をうかがっているというか……。

「じゃあ、ちゃんと17日に帰ってくること、ぬけがけ禁止な！」

　ぬけがけって。

　あはは、椿くん、そんなこと言わなくても大丈夫だってば。

　やがて夏休みに入った。

　しばらくは、夏季特別授業があったり普段とあまり変わらなかったけど、8月に入ると自宅に帰る人も増えてきた。

　椿くんも、海外旅行へ行くためひと足先に寮を出て行った。

　そして第2週目。

　他の3人も取り決め通りに自宅に帰り、私はひとりでここで過ごすことに。

　5人で生活するのだって十分な広さなのに、ひとりでここにいるのは贅沢すぎる。

　というか、広すぎて逆に怖い。

　将来、ひとり暮らしをすることになっても、コンパクトな部屋にしよう。

　この期間は職員さんも夏休みなので、食事もすべて自炊。

　私も地元に戻って、友達に会ったりと、久々の自由時間を楽しんだ。

　みんなも、地元で楽しく過ごしてるのかなあ。

　たった1週間会えないだけで、みんなが恋しくなってしまった。

　あっという間に1週間がたち、今日はひとりで過ごす最終日。明日にはみんなが帰ってくる。

　さて。ひとりの最終日、なにをしようかな。

　普段寮で過ごしてばかりいるから、この辺で楽しめる場所を私は知らない。

　カラオケにボウリングなど、クラスメイト達が週末遊びに行ってる話を小耳に挟むことはあるけど、ひとりで行くところじゃないし。

　白凰学園からバスで30分くらいのところにある最寄り駅はわりと大きくて、駅ビルも併設されているけど、通過するだけでまだ行ったことはない。

　そこに行ってみようかなあと思ったけど、ひとりだとさみしいからやめて、みんなが帰ってくる前に大掃除でもしよう、と腰を上げた時だった。

　♪～♪～♪

　いきなりスマホが鳴るからびっくり。

　誰だろうと思って画面を見ると。

「嘘っ……」

　表示されていたのは刹那くんの名前。

　連絡先は交換していたけど、いつも一緒にいる環境で、電話をかける必要性がそもそもないから、電話はしたことがなかった。

　なにがあったんだろうと、しばらく画面を見つめていたけど。

　あっ、早く出なくちゃ！　切れちゃう。

「もしもしっ……」

『あ、寧々？』

　久しぶりに聞く刹那くんの声。

　鼓膜を震わせる優しい声に、体中に温かいものがじんわり広がる。

「ど、どうしたの？」

　ドキドキが伝わりそうなほど、声がうわずってしまう。

『寧々、今なにしてた？』

「今？　えーっと、今日なにしようかなって考えてた」

『で、決まったの？』

「うん。明日みんなが帰ってくるし、大掃除でもしようかなって」

　そう言うと、電話越しに聞こえてきたのは笑い声。

「寧々らしいな」ってつぶやいたあと、

『そんなのいいって。俺がもっと楽しい予定入れてやるよ』

「ん？」

『昼頃さ、南野駅まで出てこない？』

　突然のお誘いに、思わず電話越しに無言になってしまう。

　南野駅というのは、ここの最寄り駅。

　さっき、行ってみようかなあと思案していたところ。

『おーい、聞いてる？』

「あっ、ごめんね。聞いてるよっ」

　電話で無言になったら困るよね。

　慌てて返事をすると、またとんでもない言葉が返って来た。

『俺とデートしようよ』

　デ、デート!?

　そんな単語に、一気にぶわっと熱くなる体。

『どう？』

「えっ、あ、あの……」

　軽くテンパっていると、さっきよりも大きな声で笑っているのが聞こえてくる。

『今の寧々すごく想像できる。きっと顔は真っ赤だな』

　なんて言うものだから、どこかで見られてるんじゃないかキョロキョロしちゃう。

　当たり、大当たり！

　刹那くんは、私のことなんでもお見通しだなあ。

　頬に手を当てて、熱を冷ます。

『で、する？　しない？　俺とデート』

　そんなの……。

「し、しますっ……！」

　するに決まってるよ。

デート……というのはおこがましいけど、刹那くんと出かけられるなんて、この夏最大のビッグイベントだ。

それから待ち合わせ場所と時間を決めて電話を切ったけど。

「ひゃーっ、どうしようっ」

なにを着ていこう、どんな髪型にしよう、メイクはどうする？

時計とにらめっこしながら準備に取り掛かった。

唯一持ってきていた淡いブルーのワンピースを着て。

髪の毛はハーフアップにして毛先は軽くコテで巻いてみた。

学校に行く時は、いつもストレートだから、自分で見てもずいぶん印象が違うなって思う。

いつもはすっぴんだけど、軽くメイクもした

鏡の中の私は、いつもより大人っぽく見える。

刹那くん、どう思うかな……。

こんな私でも、少しは可愛く変身したって思ってくれるかな……。

デート

　約束の12時ちょうどに駅に着いた。

　待ち合わせ場所は、時計台広場なんだけど……。

　さすが夏休み。駅前は大勢の人でごった返していて、どこに居るのかわからないよ。

　こっちかなあ……って、キョロキョロしながら移動していると、

「寧々！」

　背後から手首を掴まれた。

「わあっ、びっくりしたあ！」

　振り向くと、刹那くん。

　どうやら走って来たみたいで、軽く息が切れている。

「追いかけてんのに、寧々どんどん遠くに行っちゃうから」

　やだ、そうだったの⁉

　挙動不審なとこを見られていたのかと恥ずかしくなる。

「久しぶり、だな」

「うん。久しぶり」

　一緒に住んでいるから、たった1週間会わなかっただけで、もう1年も会っていなかったように感じる。

　嬉しくて嬉しくて、今にも心が躍り出しそう。

「やべ……今日の寧々、すごく可愛い」

　少し顔を赤らめて、手を口元に当てる刹那くん。

　いつも、こっちが照れちゃうようなことばっかりしてく

るのに、こんなふうに素で照れてる刹那くんにまたときめいてしまう。

「えへへ」

　私だって照れくさい。

　よくみると、いかにも気合入れてきましたっていう格好だもんね。

　そういう刹那くんだって、とびきりかっこいい。

　ネイビーと白のＴシャツを重ね着して、黒いスキニーパンツを合わせている。

　清潔感溢れる夏らしい爽やかな服装。

　いつもピシッと制服を着ているみんなの模範で憧れの刹那くんが、雑踏に紛れてる。

　当たり前の事なのに、なんだかとても不思議な気がするよ。

　お昼ご飯を食べようということになり、少し歩いていると。

「ここ、うまいって椿が言ってて、来てみたかったんだよ」

　刹那くんが足を止めたのは、ハワイアン風のお店。

　ガラス張りの壁から見える店内は、女性客でにぎわっている。

「わあ、ステキなお店」

　一度来てみたかったお店に私を誘ってくれるとか、すごく嬉しい。

　それに、私は優柔不断だから、スパッと決めてくれるところにすごく男らしさを感じて頼もしいなあって思う。

　お店の中に入ると、10分くらい待ったのち、ふたり席
へ案内された。

　……だけど。

　席へ向かう時から感じる周りの視線。

　刹那くんが歩くごとに振り返る女の人・人・人。

　校内であれだけ人気者の彼が外へ出たらどうなるかは、
想像するのはたやすいのに、想像してなかった私が悪いん
だけど。

　うわあ……これは思った以上だ。

「こっちどうぞ」

　スマートにソファに私を促す彼は、まったく気づいてな
いのか、気にならないのか。

「ありがとう」

　私の方が落ち着かなくてどうしようもないよ。

　それからメニューを見て、お店で人気ナンバー1だとい
うロコモコのランチプレートを頼んだ。

　隣のグループが食事を終えて帰った瞬間、聞いてみる。

「ねえ、刹那くんは気にならないの？」

「なにが？」

「ここにいる女性のお客さん、みんな刹那くんのこと見て
るよ」

　すると、刹那くんは「えっ」て顔をして。

「そう？　そんなことないでしょ」

　とあっさり言ってのけるから、拍子抜けしちゃった。

　ほんとに気づいてなかったとは。

　もう、視線すら感じない異次元なレベルに到達しちゃってるのかな？

「てか、俺は男たちの視線が寧々に行ってるのが気に入らないけどな」

「え？」

「やっぱ個室のある店にすればよかった」

　難しい顔をしながら周りを牽制するように声をひそめる。

　なにを言ってるんだろう。そんなわけないのに。

「それはそうとさ、このあと映画観に行かない？　駅の改札出たとこにあったからこれもらってきたんだ」

　見せてくれたのは、駅ビルの中にある映画館の上映スケジュールパンフレット。

「映画!?　観たい！」

　思わずはしゃいだ声を上げてしまう。

　夏休みは話題作がたくさん上映されてるし、おまけに刹那くんと映画だなんて、どんなご褒美!?

「でさ、これなんかどうかなって」

　パンフレットを私に差し出して、指をさされた映画のタイトルを見て私は固まった。

「え……」

　それは、超戦慄のホラー映画。

　『あなたはこの恐怖にたえられますか？』がキャッチコピーで、いつもテレビでCMが始まると目をつむっちゃう。

　どうみてもトラウマになりそうなやつ。

　刹那くんて、こういうのが好きなのかな……。

　どうしよう。

　刹那くんが見たいなら、我慢してつき合った方がいいかな。

　せっかく誘ってくれたのに、怖いのはムリとか空気の読めないこと——。

「ははは、寧々顔が真っ青。冗談だよ、ジョーダン」

　そんな私を見て、ケラケラ笑ってる刹那くん。

「び、っくりしたぁ……」

　刹那くんでも、こんな冗談言ったりするんだ。

　新しい刹那くん発見。

　それはそれで、嬉しかったりするんだけど。

　結局、寧々が好きなの選んでいいというお言葉に甘えて、いくつか候補を出してその中から刹那くんに選んでもらった洋画のラブコメを観ることに。

「暑いねー」

　涼しかった店内を出ると、一気に熱風に襲われる。

　お昼を過ぎた今、日差しも強くて思わず目を細めた。

「でも夏らしくて俺は好きだよ」

　刹那くんらしい発想。

　なんでもポジティブにとらえる感性が養われてるんだろうな。

　涼しい顔で言われると、暑さもそこまで感じなくなってくるから不思議。

　私も見習わなくちゃ。

　すると、さらっと右手を取られた。

　ごく自然につながれた手は、指と指が絡まって。

　こ、これは！

　恋人つなぎというやつでは……!?

「いいよね、デートだし」

　落ちてきた声にそっと見上げると、刹那くんも私に顔を落としてて。

「う、うん……」

　頷くと、刹那くんはぎゅってその手に力を入れた。

「結構混んでるね」

「ほんとだ」

　やっぱり涼しい映画館は大人気みたい。

　場内はほとんどカップルだらけ。

　やがて暗くなって映画が始まると、頭を寄せ合ったり肩を組んだり。

　薄暗いからふたりの世界に入るのもあまり抵抗がないのかもしれないけど、私たちはカップルじゃないし、変な汗が出てきちゃう。

　映画に集中集中！

「……っ」

　と、突然手に重なった手。

　遠慮がちに指を割って絡めてくるその手は、まぎれもなく刹那くんのもので。

　ど、どうしよう！

　こんな時、どう反応していいのかわからないよ。

　そっと視線をずらして刹那くんを見るけど、彼はスクリーンを見たまま。

　私はこんなにドキドキしているのに、余裕そうでずるいなあ……。

　時に場内には笑いが湧きおこったり、和やかムードで映画は進んでいたんだけど。

　終盤に入って大変なことが起きた。

　濃厚なベッドシーンが始まっちゃったんだ。

　こんなの聞いてないよ～……。

　高性能の大音量スピーカーから漏れる女の人の喘<ruby>喘<rt>あえ</rt></ruby>ぎ声に、なんだかいたたまれなくなる。

　つき合っているカップルや、ただの友達という間柄なら問題ないかもしれないけど、私と刹那くんのような微妙な関係だとすっごい気まずい……。

　ソワソワして、つないだ手に変な汗をかいてるような気がして、心拍数ばかり上がって行く。

　そんな私の想いを知ってか知らずか。

　刹那くんが、握った手に力を込めてきたのだ。

　うわ……。

　重なる手のひらに、ぐんぐん上がる熱。

　刹那くんの視線を感じたけど、私は刹那くんの方を見ることができなかった。

　やがてエンドロールが流れ、場内が明るくなる。

　他のお客さんたちは足早に出て行き、あっという間に場

内は私と刹那くんだけになったけど、刹那くんが立たないから私も立つタイミングがわからなくて。

「寧々」

　名前を呼ばれて刹那くんに視線を合わせると、真剣な瞳で私を見つめていた。

　——ドクンッ。

「もう俺、十分待ったよ」

　唐突に投げられた言葉の意味を考えるのに数秒要して。

　……あ。

『……お互いのこともよく知らないし……』

　そう言って、告白を保留にしていたあの日から、気づけばもう４ヶ月も経っていた。

　どうし、よう……。

　思わず俯く私。

　すると、刹那くんが私の顎先に触れて、ゆっくりと上に持ち上げる。

　俺の目を見て、と言うように。

　絡み合う視線。

「俺の彼女になってほしい」

　真っ直ぐ伝えられた。

　……私が刹那くんにふさわしいかと聞かれたら、自信はない。

　ただ、わかるのは、私が刹那くんを好きってことだけ。

　でも、この想いに応えていいのかな。

「最初はひと目惚れだったけど、みんなのために、ご飯を

作ってくれたり、味方がいない中でも選挙を頑張ったり、一生懸命な寧々にどんどん惹かれていった」

　そんなふうに見ていてくれたことが嬉しくて。

　じわじわ涙が溢れてくる。

「ほかのエクセレントのやつが寧々を好きになるのも当然だ。白樺、椿……小鳥遊までマジになるのは想定外だった」

「そんなこと……」

　想定外なのは私のほうで。

　蘭子さんが言っていたように、それはきっと私にローズっていう付加価値があるからで。

　じゃなきゃ、今まで恋愛とは無縁だった私が男の子に好意を持たれるわけもない。

「返事は、サマーキャンプで聞かせて」

　真剣な眼差しに胸がドクンと音を立てた。

　サマーキャンプは、来週学校行事として予定されている。

　私も刹那くんが好き、大好き。

　だから、その時にちゃんと私の想いを伝えよう。

「すみませーん、場内清掃するのでそろそろご退出願いまーす」

　係員の声に、私ははじかれたように席を立つ。

「行こうか」

　手のひらの大きさと温かさが、さっきとは比べ物にならないくらい優しく感じた。

　映画館を出てから、ショッピングモール内をあちこち散策。

　刹那くんが買いたい参考書があると言ってお会計をしている間、本屋の隣にあったアクセサリーショップを覗いていた。

　可愛いものにはつい惹かれちゃうよね。

　とってもかわいいネックレスに目を奪われた。

「かわいい……」

　思わず言葉がこぼれちゃうほど可愛いそれは、可愛さと値段が比例していた。

　思ったよりも高いし、気軽に買えないや。

　ふとうしろを振り向くと、刹那くんはすでにお会計を終えて本屋の外に出ていた。

「あ、ごめんね」

「ゆっくり見てていいよ」

「ううん、大丈夫」

　柔らかく微笑む刹那くんの隣に並び、お店をあとにした。

　やがて日もどっぷりくれて、駅ビルの中のパスタ屋さんで夕食をとって。

「そろそろ……帰る？」

　名残り惜しいけど、刹那くんはこれから自宅に帰らなきゃいけないんだし。

　そして、明日にはまたここに戻ってくるから、忙しいもんね。

　引き止めちゃいけないと思って、私からそう言ったんだけど。

「俺も寮に帰るよ」

　なんて言うからびっくりした。

「だって、帰宅は明日の予定じゃ……」

「初めからそのつもりで来たし。荷物も寮に送ってある」

　うそ……。

「えっと……明日じゃなくて、大丈夫？」

　みんなで決めた日を守らなかったら、刹那くんが悪く言われるんじゃないか心配になる。

「大丈夫だよ」

　なのに、なぜか刹那くんは余裕そうに言った。

　来た時とは違い、ふたりで寮へ戻る。

　エレベーターで10階まで上がり、指紋認証で鍵を開けて玄関に入ると。

「寧々、おかえり――って、なんで刹那までいんだよっ」

　出迎えてくれたのは琉夏くんで、刹那くんが一緒なのを見ると明らかに不機嫌顔になる。

　というか。

　私にはどうして琉夏くんがいるのかわからないんだけど??

「はあ……やっぱりな」

　頭をガシガシかきながら刹那くんが見せる流し目は、ちょっと怖くてぞくっとした。

「絶対にお前は期限を守らないと思ったから、俺も1日早めてよかった」

「ふざけんなよ。自分だって早く帰っておきながら、んなの言い訳だろ」

　ピピピッ。

　玄関で言い合っていると、背後でまたドアのロックが解除される音が。

　──ガチャ。

「あ……」

　入って来たのは白樺くんで。

　ここに集まっているメンバーを見て、驚いたように目を見開いたあと、気まずそうにチッと舌打ちした。

「……白樺もか」

　利那くんは、はーっと息を吐きながら天を仰ぐ。

「お前なあ」

　琉夏くんが、グッと顔を近づけて言えば、

「人のこと棚にあげんなよ」

　低い声で言い、ズカズカとリビングに上がり込んでいく白樺くん。

　え？　え？

　ちょっと、これはどういうこと……？

　だって、みんなで決めた戻ってくる日は明日だよね？

　利那くんもそうなんだけど、今日はいるはずのなかった3人が集結してるこの状況がよくわかんない。

「マジで、読みが当たってよかった」

　じゃあ、利那くんはこうなるのがわかっていて、1日早く帰って来たってこと？

「とかなんとか言いながら、お前もぬけがけしたかっただ
けだろ」

「お前と一緒にすんな」

　うわあ……帰って早々ばちばちしてる。

　椿くん助けて〜！

　ここにいたら、きっと丸く収めてくれるはずなのに。

「寧々、風呂入ったら部屋に鍵かけて朝まで出てくるな」

　刹那くんからはそんな要求が飛び。

「なんでそんなにオシャレしてんだよ。せっかくだから今
からモデルやれ」

　琉夏くんからも命令される。

「いいから早く風呂入れ」

「部屋に来いよ」

　うーわ、どうしようっ!?

　また騒々しい日々がはじまりそう……私は頭を抱えた。

　「はあ？　帰る日守ったのって俺だけ？」

　次の日。

　寮に帰って来た椿くんは呆れ顔。

「じゃあ、俺だけ特別に寧々ちゃん一日独占権もらえる？」

「無理」

「却下」

「調子に乗るな」

　私が答える前に、３人がなぜか口を揃えて椿くんをバッ
サリ。

　いつも顔を合わせればあーだこーだ言い合ってるのに、なにこの団結感は！
「なんでだよっ！」
　ルールを守った椿くんが袋叩きにあうなんて。
　ちょっぴりかわいそうだなあと思いながら、私はただ苦笑いするしかなかった。

サマーキャンプ

　夏休みには、2泊3日で行く、宿泊学習——通称サマーキャンプがある。

　刹那くんが、告白の返事を聞かせてほしいと言った行事だ。

　場所は、県外にある学園の持つ高原の避暑地。

　参加者は希望制だけど、ほとんどの生徒が参加する人気の行事なんだって。

　友達がいない私にとっては、少し気づまりだけど、エクセレントだから参加しないわけにはいかないよね。

　サマーキャンプ当日。

　朝早くにやって来た観光バスに、クラスごとに乗り込む。

　私の席の隣は空席。

　女子は奇数だから、私はここでもひとり。

　まあ、しょうがないよね。

　なのに、

「えっ?」

　隣に人の気配を感じれば、そこには琉夏くん。

　俺の席はここですって顔で、長い足を組んで座っていた。

「小鳥遊はそこじゃないだろ」

　私より先に突っ込んだのは刹那くん。

　琉夏くんは、腕を引っ張る刹那くんを恨めしそうに見上

げる。

「空いてんだからいいじゃねえか」

「俺だって座りたいの我慢してんだよ。だからお前も我慢しろ」

　なんて言うから、ドキッとしちゃう。

「寧々はどう思う？」

「えっと……一応決まってる席に座ったほうがいいのかなと……」

　私がそう言うと琉夏くんは渋々席を立ったけど、

「だったら俺が座るー」

　その隙にお尻をねじ込ませてきたのは椿くん。

　まるで椅子取りゲームだ。

　だけど、

「ふざけるな」

「お前は補助席にでも座っとけ！」

　またもや秒殺！

　椿くん、いつも不憫な扱いされちゃって……。

　それでもいつもニコニコ明るいから、みんなも椿くんのキャラをわかったうえでそうしてるんだろうな。

　それにしても、私の隣に座ったって楽しいことはないのに。

　結局、刹那くんと椿くん。琉夏くんと白樺くんが隣り合って座っていた。

　３時間かけて、目的地の高原に到着。

　日は照っているけど、爽やかな風が吹いているから、いくらか涼しく感じる。

　こんなに気温が違うなんて、同じ日本とは思えない！

　さすが避暑地で有名なところだ。

　緑もたくさんあって、日頃の喧騒（けんそう）を忘れて、穏やかに過ごせそう。

「ちょっとー、焼けちゃうじゃなーい」

　大きいつばの広がった帽子にサングラスといういで立ちでバスを降りてきたのは、琴宮さん。

　真っ白いワンピース姿は、避暑地に来たお嬢様……を絵に描いたよう。

　……ローズ選挙には負けたけれど、彼女は相変わらず元気です。

　実は、選挙の後しばらく熱が出たみたいで寮で寝込んでたんだって。

　さすがにショックだったのかもしれない……と私も心配していたけれど、復活した彼女は、以前よりもパワーアップしていて。

「ちょっとー、暑いんだけど」

　今も、取り巻きの子たちが必死で日陰を作ったり、簡易扇風機で風を送ったりしている。

　相変わらずだなあ。

　同じクラスメイトとして、打ち解けたいと思ってるけど、まだまだ無理そう。

　宿舎の部屋割は、まだ一度も話したことがない子たちと一緒だった。

　羽山さん、今野さん、佐藤さん。

　3人はいつも一緒に行動してるんだけど、4〜5人の班を作らないといけなかったから、私がそこに入れてもらえたんだ。

　お風呂が終わって、それぞれ畳の上に布団を敷く。

「明日の肝試し楽しみだね！」

「えー、私は怖いの苦手だからやだなあ」

「お化けなんて作り物だと思えば怖くないって」

「そ〜お〜？　でもやっぱり怖いものは怖いよ〜」

　3人が話してるのは、明日の夜に予定されている肝試し。

　カップルが誕生したりもする人気のイベントらしいけど、私は憂鬱。

　だって、怖いの苦手だし。

　そのうち会話は、気になっている男子の話に。

　わいわい、きゃっきゃっ。

　……楽しそうでいいなあ。

　と思いながら、ひとりで枕カバーにぐいぐい枕を押し込む。

　夜過ごすだけだから、ぼっちでも気にしない！

　持ってきた本を読んでいれば、あっという間に時間はすぎるもんね。

　そう思いながら、ひとりでシーツのカバーをかけていると、反対側から誰かがシーツに手をかけた。

「ねえ、エクセレントってどんな感じなの？」

　それは佐藤さんで、遠慮がちに話しかけてきたのだ。

「えっ？」

「やっぱり白樺くんて怖いの？」

　今野さんまで。

　えっと……。

　突然のことで、目が点になる私。

　びっくりしている理由がわかったのか、佐藤さんは申し訳なさそうに言った。

「あの、ごめんね。その……琴宮さんの前では、なかなか話しかけづらくて」

　他のふたりも、同調するように小さく頷いた。

　そうだったんだ……。

　琴宮さんがいないからだとしても、話しかけてもらえるのは嬉しくて。

「全然大丈夫！」

　笑顔を見せると、みんなもほっとしたように笑ってくれた。

　佐藤さんはそのまま私の布団敷きを手伝ってくれて、おかげで早く終わり、それぞれ自分の布団の上に座って話を続ける。

「来栖さんてすごいよね。私だったら絶対に心が折れちゃって登校拒否しちゃうよ」

「でも、その強い心こそがローズって感じもするよね」

「私、ローズの選挙では来栖さんに入れたんだ」

「私も！　頑張っててすごいなあって思ってたの」

「……ほんとに？」

　嘘みたいな話に、胸が熱くなる。

　こんな身近に応援してくれた人がいたとは。

　ううっ、泣きそう。

「なんだかんだ言って、結構琴宮さんのやり方にうんざりしてる人も多かったんじゃないの？　投票は無記名だしバレないから、表向きは琴宮さんを応援してるフリして、来栖さんに投票した人もいたんじゃないかな？」

「私もそう思う！　だからこそあそこまで競って、結果勝ったんだよ」

「今日だって見た？　取り巻きに扇風機持たせてたし。一体何様？　あんな子がローズにならなくてよかったよ、ほんとに」

　しゃべり出したら止まらない彼女たち。

　次から次へと湧き上がってくる本音に、私も苦笑い。

「私たち、琴宮さんをおそれない。今日から私たちは来栖さん、ううん、寧々ちゃんの友達だよ！」

「そうそう！」

　嬉しい！　嬉しい！！

　友達を作るのを諦めてた私に、突然できた友達。

「ありがとう！」

サマーキャンプ、参加して本当によかった。

　翌日はハイキングをしたり、牧場でアイスを食べたり。

　友達ができたおかげで、すごく楽しく過ごせた。

　夜。

　夕飯を食べるために集まった大広間。

　私が班の子と仲良くしていることに気づいたみたいで、刹那くんが嬉しそうに声をかけてきてくれた。

「仲良くなったんだ」

　ここではいつもよりエクセレントのみんなとの接触がないから、こうやって会うとすごく新鮮。

　学校で、好きな男の子に会えた時って、こういう感じなのかな。

　照れくさいよね、こういうの。

　でも嬉しさを隠せず、下唇を軽く噛みながら頷く。

「よかったな」

　そう言って頭をポンポンしてくれる刹那くんも、実は私に友達がいないことを気にかけてくれてたのかも。

　こうやって、学校生活も少しずつ楽しんでいけたらいいな。

　夕飯後、学校指定のジャージに着替えて集まったのは、林道への入り口。

　今から肝試し大会があるのだ。

　肝試しのグループは事前にくじで決まっていて、私は池内さんと小林さんの3人グループ。

　ふたりとも琴宮さんの仲間だから、少し気が重い。

　今までさんざん嫌味も言われちゃってるしね。

　何とか乗り切ろうと思ってふたりの元に近づくと、小林

さんはすでに泣きそうになっていた。

「ほんとやだ。怖いよ〜」

「大丈夫だって」

　池内さんになだめられている彼女を見て、心の中で私もすごく気持ちがわかるなあと思っていると、

「怖いよ〜、ねえ〜？」

　ん？　私に問いかけられた気がしたけれど、気のせいかな……？

「来栖さん怖いの大丈夫？　あたしめっちゃ苦手なんだよね」

　もう一度。

　今度は私の名前を呼びながら問いかけてきたのだ。

　カン違いじゃなかった。ちゃんと名前を呼んでくれた！

　昨日に引き続き嬉しくて、胸が踊る。

「わ、私も苦手なのっ」

　声がうわずっちゃったけど、そう言えば仲間と言わんばかりに手を取られた。

「一緒に頑張ろう！」

「う、うん！」

　なんだかすごく嬉しくなって、怖い肝試しも楽しみになって来た。

「では、次のグループ出発してくださーい」

　実行委員の人の合図で、私たちは真っ暗な林道へと進んだ。

　昼間は心地いい高原も、夜はやっぱり不気味。

　生ぬるい風が、また不気味さを演出している。

「きゃあ～っ！」

　頭上から枝垂れた木々がわさわさとおりてきて、私たちは悲鳴を上げながら逃げる。

　真っ暗な中での頼りは、池内さんが持っている懐中電灯ひとつ。

　先を照らしながら、慎重に歩く。

　小林さんは、私と池内さんの腕に自分の腕を絡ませて目をつむりながら歩いている。

「まじこわっ！　来栖さん、先行ってよ」

　余裕そうだった池内さんも、へっぴり腰で私の背中を押した。

「ええっ……！」

　私を盾にするなんて～。

　でも、エクセレントとしてみんなのために頑張ろうと気合を入れる。

　肝試しのルールは、順路に沿って進んでいくと、いくつかポイントがあり、そこでお札を取ってくるというもの。

　おどろおどろしい音楽が流れたり、ちゃんと演出があって、作り物とわかっていても、叫んでしまうのはさすが肝試し。

　しばらく歩くと、二手に分かれた道に出た。

　立て看板に書かれた "→" の方向はどっちを指してるのかイマイチわかりにくい。

　右のほうが道が広いからこっちだと思って進むと、「待っ

て！」池内さんが声を上げた。

「アレ、お札じゃない？」

「どこ？」

　池内さんが指す左側の方向に、確かにひらひらした白い
ものが見える。

　ほんとだ。

　てことは、やっぱり左だ！

「今度は私が取りますね！」

　さっきは池内さんが取ってくれたから。

　怖いけど、頑張る！

　池内さんが照らしてくれる足元の明かりを頼りに、一歩
一歩慎重に進んでいく。

　──と。

　いきなりあたりが真っ暗になって。

　ズルッ──。

　その瞬間足元を取られて、私の視界はひっくり返った。

「ひゃあっ‼」

　体に強い痛みを感じて、視界がグルグル回る。

　やだ！　どうしよう！

　なにが起きたのかわけがわからないまま、ドサッ！

　私はどこかに着地した。

「……ったあ……」

　もしかして私。

　林道からがけ下に落っこちたの⁉

「池内さぁ～ん‼‼」

　パニックになって、上に向かって叫んだ。

　なのに、聞こえるのはさわさわ揺れる木の音だけ。

　あれ？　私が落ちたの見てたはずなのに。

　近くにいるんだよね？

「小林さん!?」

　もう一度。

　でも同じ。なにも反応がない。

　え、なんで反応してくれないの？

　——と、信じられない声が耳に届いた。

「……ちょっとはそこで頭冷やしたら？」

　小林さん……？

「派手に落ちてくれていい気味」

　なに言って——ウソ……。

　もしかして、今までの会話は、全部演技だったの？

「早く行ってゴールしよ」

「行こ行こ」

　えっ、ちょっと！

「待って!!!」

　そんな声も無視されて、ふたりの足音は遠ざかっていく。

　それからどんなに待っても、次のグループが通る気配も
なくて。

　……やっぱりあの時コースから外れてたみたい。

「そうだ、スマホ！」

　ジャージのポケットに手を突っ込んで取り出したスマホ
を見て、ガックリうなだれる。

「嘘でしょ……」

　電波がなかったんだ。

　これじゃあ助けも呼べない。

　落ちた所から、上によじ登ろうとしたけど、足を痛めてしまい思うように動かせない。

「どうしよう」

　完全に詰んでしまった。

　じっとしていると、だんだん冷えてきた。

　夏とはいえ、涼しい山の夜は冬のように寒く感じ、体はもちろん歯までガタガタ震えてくる。

　動かないと。

　真っ暗な闇の中で、足を引きずりながらあてもなくあっちへ行ったりこっちへ行ったり。

　もう、元の場所もわからなくなっちゃった……。

　痛かった足も、感覚がマヒして痛みさえわからなくなってくる。

　時間の感覚もわかんない。

　どのくらい経ったんだろう。

　小雨も降り出し意識すらもうろうとしてきた時、目の前になにかがチラチラ揺れた。

　頭上からライトを照らされていると気づいた私は、最後の力を振り絞って、声を上げた。

「ここっ……ここですっ……！」

　そう言って、私は力尽きた。

刹那side

「佐藤さんたち、みんなほんとにいい人たちばかりで。私、本当にここに転入してきてよかった」

頬を上気させる寧々は、興奮気味に報告してきた。

「よかったな」

またひとつ新しい寧々の顔が見れた。頭の上に手を乗せる俺も嬉しくなる。

寧々が嬉しければ俺も嬉しい。

転入してきてよかったという理由が、俺じゃないのが少し不満だけど。

ひと目惚れなどしたことのない俺が、寧々に初めて会ったあの日、恋に落ちた。

知れば知るほど、想いは強くなるばかりで。

ローズだからじゃない。

編入してきて突然ローズという重責に身を置くことになり、周りにやっかまれながらも文句を言うこともなく毎日笑顔で。

ローズ選挙でも、ひとりで一生懸命戦っていたその健気な姿にますます惚れた。

ひと目惚れした俺の目に狂いはなかった。

新しくできた友達と楽しそうに話しながら昼飯を食っているのを見ている俺の頬も自然と上がってしまう。

俺らがいたとしても、やっぱり同性の友達にはかなわな

いな。

　せっかく友達ができたんだから、邪魔しちゃ悪い。

　サマーキャンプ中は必要以上に近くに行くのはやめよう。

　寮に帰ればいくらでも話せるんだから。

　肝試しが終わり、宿舎に戻る。

　ロビーにいると、声をかけられた。

「一条くんっ」

　あれ……こいつら……。

　よぎったのは寧々の顔。

　確か、寧々と同室で仲良くなった女子たちだよな？

「なに？」

　俺になんの用だ？

　しかも、息を切らして落ち着かない様子なのが気になった。

「来栖さん、知ってる？」

「え？」

「肝試しが終わってから見かけてなくて。エクセレントのみんなで集まってるのかな？　って思ったんだけど、もうすぐ消灯の時間なのに戻ってこないから心配で」

「なんだって？」

　すぐにスマホで寧々にかけてみるが──。

【おかけになった番号は……】

　圏外を知らせる音声が流れるだけ。

「圏外って……」

　この辺で電波がない所は、さっきの肝試しコースになっていた林道。

　一部で圏外の場所があった……まさかっ……。

　俺は急いで外に飛び出した。

「寧々————っ!!!」

　大声で名前を呼びながら、施設の周辺を駆け回った。

　小雨がぱらついて視界も悪くなっている。

　どういうことなんだ……?

　てっきり、班のメンバーと楽しく過ごしていると思ったのに。

　もう一度宿舎に戻ると、ちょうど白樺がロビーの自販機前にいるのが見えた。

　思わず走り寄る。

「おいっ、寧々見てないか⁉」

「……っ、なんだよ。そんなに濡れて……」

　びしょ濡れの俺を見て驚いたような顔をする白樺の腕を掴んで、もう一度聞く。

「寧々見てないかって聞いてんだよっ!」

「見てねえけど……どうしたんだ」

「肝試しが終わってから部屋に戻ってねえんだよ!」

　そう言うと、まだロビーにいた佐藤たち3人が心配そうに駆け寄って来た。

「大丈夫、かな」

　震える佐藤の声に、眉をしかめる白樺。

それから俺を見て、グッと目を細めた。

「……どういうことなんだ」

その低い声は、俺の不安を掻き立てた。

「佐藤。寧々と肝試しの班が一緒だったヤツの部屋に案内
して」

寧々と一緒のやつは、小林と池内ということは確認して
いた。

ふたりは、琴宮派。もう嫌な予感しかしない。

「え————っ!?」

「うそおっ！」

就寝前の女子フロアは、大騒ぎになる。

男子進入禁止のこのエリアに、エクセレントが現れて一
体何事だと、あちこちのドアが開き、女子がわんさか廊下
に溢れ出てきた。

「呼んでくるね」

佐藤が部屋のチャイムを押すと、小林が顔を出す。

俺の顔を見ると、サッと顔色を変えた。

それは、エクセレントがここにいることに驚いたのでは
なく、"俺"がいたから。

——疑惑が確信へと変わる。

今までだったら、俺の顔を見たら目を輝かせてたくせに。

締めようとしたドアの隙間に足を突っ込んだのは白樺
だった。

「ひっ」と声を上げた小林を無視して、ドアをこじ開ける。

「なに隠してんだよ」

　白樺が声を放てば、顔面蒼白になる。

　頭脳トップのエクセレントで学園長の息子のくせに、まるでヤクザだ。

「来栖寧々どこにやった」

「ど、どこって……」

「しらばっくれんなよ！」

　ざわついていたフロアは、一気に静まり返る。

　すっかりおびえた小林の唇は震え出す。

　これじゃあ吐かせるのも、てこずりそうだ。

「俺が話す」

　興奮している白樺の肩を掴んでうしろに下げ、小林と目を合わせた。

　小林は、まだおびえたまま。

　湧き上がる怒りをなんとか抑え、俺は口を開いた。

「寧々と同じ班だったんだよな」

「う、うん……」

「一緒にゴールしてきたんだよな」

「えっと……来栖さん……まだ戻ってきてないの？」

「質問に答えてくれないか？」

　うっ……と唇を噛んだ彼女は、部屋の奥に目線を送る。

　女子の部屋を覗くのは気が引けるが、今は緊急事態だ。

　目に入ったのは、同じように引きつった顔をしている池内と……琴宮。

　……この部屋の主導は琴宮だろう。

「なあ」

中へ向かって声をかける。

　琴宮がなにかをささやき、困ったように首を横に振る池内。

「すぐに……自力で……戻って……くる、と思ってたんだけど……」

「なんだって？」

　切れ切れに声を出したのは目の前の小林だった。

　池内も駆け寄ってきて、涙目になって告げた。

「シミュレーションしたら、すぐに上がってこれた……ひゃっ！」

「てめぇ……！」

　全開になったドアから、白樺が中へ突入し、琴宮を見下ろす。

　こいつらが寧々になにかをしたのは間違いないらしい。

「いいからそこに連れていけ」

　低い声で言うと、涙目になりながら小林と池内は廊下を走りだした。

安心できる温もり

　なんだかとっても怖い夢を見ていた。

　パッと開けた視界に温かい光が映って、一瞬わけがわからなかったけど……夢か、とほっとして。

　足にズキズキと痛みを感じ、全部思い出す。

　そうだ。私、小林さんたちに騙されて、林の中で遭難したんだ……。

　足だけじゃなくて胸もズキズキ痛くなってきた。

　今までも辛いことがあったけど、今回のはあまりにもショックが大きい。

「寧々」

　優しい声が耳に届いた。

　目に映ったのは、愛しい愛しい人。

「刹那、くん……。……わ、私……」

　顔を見たら、胸が詰まって言葉にならなくなっちゃった。

「なにも言わなくていいよ」

　そっと、唇に刹那くんの人差し指が乗せられる。

　優しい眼差しに思わず涙が流れると、温かい指で拭い、そして、ぎゅっと優しく抱きしめてくれた。

　……あったかい。

　ようやく、心が落ち着いた。

　てっきり宿舎の医務室だと思っていたここは病院で。

　診察の結果、左足の甲にヒビが入っていることもわかり。

「明日帰ってから、地元の病院で改めて治療に入ったほうがいいでしょう」

　お医者さんにそう言われ、今日はひと晩ここに入院することに。

　落ちた時の衝撃に加え、そのあと無理をして動き回ったのもよくなかったみたい。

　足の絶対安静を言い渡され、ベッドからも動けない。

　……せっかく楽しくなると思ったサマーキャンプだったのに、こんな形で終わっちゃうなんて。

　さらに気持ちが沈んだ私に、刹那くんの声。

「俺もここに泊まるから」

「えっ？　刹那くんも!?」

　見ると、部屋の隅に用意されていた簡易ベッドに上がっているところで。

　なにをしてるの？って、一瞬頭が真っ白になる。

「寧々が心配で、ひとりで置いとけない」

「そ、そんなのダメだよ！　今はサマーキャンプ中なのに」

「てか、もうそういう手配になってるから変更不可。他に付き添いはいないから」

「嘘っ……」

　どうやら、刹那くんは自分が付き添うと申し出てくれたみたい。

　エクセレントトップ直々の申し出を先生が断るわけもなく、先生は刹那くんにまかせて宿舎に帰ったのだとか。

　もちろん、先生より刹那くんが一緒にいてくれたほうが、

私は嬉しいけど。

　……困ったこともある。

　電気を消して、おやすみを言って、目を閉じて……。

「眠れない？」

　暗闇の中、刹那くんの声。

「あ、ごめんね。うるさかった？」

　何度も寝返りばっかり打ったら、刹那くんも気が散るよ
ね。

　静かにしなきゃと、身を固くする。

「それは全然大丈夫。足痛くて眠れない？　痛み止めもら
おうか？」

「ううん、違うの……」

　布団にくるまったまま告げたら。

　刹那くんは神妙な口調でつぶやく。

「そうだよな……。あんなことあって、眠れないよな……」

　……ほら、また余計な心配かけちゃった。

　違うのに。

　だから、正直に言った。

「違うの……」

「え……？」

「……ドキドキしちゃって………眠れないの……」

　か細い声が、闇に消えていく。

　うわぁ、恥ずかしい。

　たぶん伝わっちゃった。ドキドキの原因が。

　病室っていう狭い空間に刹那くんとふたりきり。

　意識しないほうがムリで、眠れなくなっちゃったんだ。

「……っ、」

　息を飲むような声が聞こえた直後、刹那くんがベッドを降りた気配がした。

　スリッパをはいて、近づいてくる。

「んな可愛いこと言って、ただで済むと思ってる？」

　刹那くんのシルエットが、暗闇に慣れた目に浮かぶ。

　手を伸ばせば届いちゃう距離で。

　どくんっ……どくんっ……。

　うわあ……さっきよりも心臓の音、激しくなっちゃった。

「寧々」

　温かい手のひらが、私の頬を包む。

　もしかして、このままキスされちゃう……？

　心の準備、まだできてないよっ。

　それに、告白の返事もまだしてないんだから。

　頭をフル回転させて、あれこれ考えていると、

「なーんてな」

　温もりが離れて。

「安心して眠りな。具合の悪い寧々になにかしようとは思わないから」

　そう言って私の横にしゃがみ、頭をゆっくり撫でてくれた。

「……刹那くん……」

　それがとっても心地よくて。

　ゼロ距離になった今のほうがなぜか落ち着いて。

　私はいつの間にか眠りについていた。

　——翌朝になって。
　私たちはひと足先にここを離れ、地元の病院へ向かうことに。
「刹那くん、ごめんね。せっかくのサマーキャンプだったのに」
　今日は最終日で、観光地でお土産を買う行程になっていた。
　買い物ができなくなっちゃって申し訳ない。
「そんなのどうだっていいし。寧々置いてサマーキャンプなんて続行できるわけないよ。それに、寧々と一緒にいられたほうが俺は嬉しい」
「……ありがとう」
　ニコッと向けられた笑顔に救われた。
　それから支度をして、病院を出ようとしたら、
「松葉杖、必要よね」
　看護師さんが松葉杖を持ってきてくれた。
　確かに。
　左足は床につけちゃいけないと言われてるから、タクシーの待つ外までケンケンで行くのも無理がある。
「大丈夫です」
　けれど、刹那くんはそれをさくっと断って。
　私をひょいっと抱き上げたからびっくり。
「ひゃっ……！」

——お姫様抱っこで。

「あらあら、必要ないみたいね」

　笑いながら、手にした松葉杖を引っ込める看護師さん。

「せ、刹那くん、重いからっ！」

「俺のことナメてんの？　これのどこが重いの？」

　いやっ、そうじゃなくて、……って、もちろんそれもあるけど！

　このまま外まで行くのは、恥ずかしすぎるっ。

　降ろしてーって足をバタバタさせると、看護師さんに「安静に！」って怒られるし。

「な？　動かしたらだめだって」

　刹那くんは看護師さんまで味方につけて、ニヤリと笑う。

　う————。

　もうなにも言えなくなっちゃう私。

「お、お願いします……」

　そのまま、お姫様抱っこで病院の外まで運ばれてしまった。

　色めき立つ、看護師さんや患者さんたちの視線と声を浴びながら……。

　タクシーに揺られてる最中。刹那くんが唐突に言った。

「アイツらが、寧々に謝りたいって言ってる」

　ビクンッ。

　体がこわばった。

　アイツ……あえて名前は出さないでいてくれたけど、イコール琴宮さんたちだとわかり、気分が悪くなる。

今は、会いたくない。

「わかった。無理しなくていい」

　私の反応で察してくれた刹那くん。

　隣に座る私の手をぎゅっと握る手は、とても温かかった。

彼女の資格

「いやー、無事でよかったよー」

「無事じゃねえだろ。れっきとした傷害事件だぞ」

　夕方には、みんなもサマーキャンプから戻ってきて。

　病院で固定されてグルグル巻きになっている私の足を見て、椿くんと琉夏くんがそれぞれの感想を口にする。

「傷害事件って！　これは、私が落っこちてケガしただけ！　なので！」

　物騒すぎて、慌てて訂正するけど、

「ったくお人好しも度が過ぎるな。ぜってえ許すなよ」

　琉夏くんは、私に向かってピシッと指を突き刺す。

　ううっ。そんなこと言われても……。

「なあ？　そうだろ？」

　珍しく意見を求めた先は白樺くん。

　普段、あまり私たちの会話に入ってくることのない彼なのに、

「てか、俺がムカついてんのは一条」

　不機嫌そうにボソッとこぼした。

「……はあ？」

　そんな言いがかりをつけられた刹那くんは、眉をひそめてソファから体を起こす。

　すでに臨戦態勢だ。

「ひとりでかっこつけやがって」

　見た目不良な白樺くんの言い放つさまは、本物の不良さんみたいで。

　同じように、鋭く豹変する刹那くんの瞳。

「言うじゃねえか」

　ふたつの鋭い目が絡み合う。

　今日もまた、ばっちばちなんですけど……。

「確かに。俺だって付き添いたかったのに、全部持ってかれたしー」

　琉夏くんも頭のうしろに手をやって、脱力しながら恨めしそうに刹那くんに目をやる。

　付き添いが琉夏くんや白樺くんだったら、どうなってただろう。

　それはそれで、ちょっと困ったかも……。

　刹那くんでよかった……と、みんなに気づかれないように息を吐く。

　──と、琉夏くんが、私の肩に手を回してきた。

「なあ、寧々。俺たちだって同じくらい心配したし、付き添いたい気持ちはやまやまだったんだからな？」

　まるで子どもに言い聞かせるような口ぶり。

　私は借りてきた猫みたいになって、ペコペコ頭を下げた。

「はいっ、ありがとうございました。ご心配おかけしてすみませんっ」

　ちゃんとわかってる。みんなが心配してくれたこと。

　もちろん椿くんも。

「その汚い手をどけろ」

　立ち上がった刹那くんが、その手をぱしんっとはたく。
「なんの権利があってお前はいつもそうやって邪魔してくんだよっ！」
「権利？　そんなの当然だろ」
「はあ？　なんだそれ」
　顔と顔をぐりぐりと寄せ合い、今にもキスしちゃいそう……。って、ただのおふざけならいいのに、やっぱりふたりは本気で。
　私がおろおろしたところで、
「はいはいストップスト―――ップ！　言い争ってると寧々ちゃんの傷口に響くから！　この話はもうおしまい！」
　両手を広げて割り込んで、いつだって明るく場をおさめてくれる椿くんに、今日も感謝。
　私は今度こそ、ほっと胸をなで下ろした。

　最低２週間は足を固定したまま様子を見ないといけないらしい。
　幸いまだ夏休みだから不便なことはないし、みんながサポートもしてくれる。
　お風呂は、さすがに女性の職員さんがお手伝いしてくれることに。
　最初は「俺が介助するー」と、椿くんが名乗りでて、みんなに総ツッコミされてた。

　何日か、そんな日々を過ごして。

　傷が治っていくとともに、心の傷も癒（い）えてきた。

　いつまでも、あの時の気持ちのままじゃないことに、正直ほっとして。

　それでも、ずっと胸に引っ掛かっていることがあった。

　だから、私は刹那くんに言ったんだ。

　——琴宮さんたちと、話がしたい……って。

　謝りたいと言われた時、素直に受けられなかったことを悔やんでたの。

　やっぱり、ちゃんと話をしないと私の中でも彼女たちの中でも終われないと思って。

　刹那くんは、すぐに琴宮さんたちと話す機会を作ってくれて。

　今日の午後、寮のロビーで会うことになった。

　約束の時間。

　松葉杖をつきながら寮のロビーまで降りると、彼女たちはもうそこで待っていた。

「来栖さんっ……！」

　名前を呼ばれて、バクバク……心臓が早鐘を打ち出す。

「……こと、みや……さん……」

　サマーキャンプの出来事が一瞬でフラッシュバックして、おさまりかけていた足の痛みが再び襲ってきたような気さえする。

　でも……頑張れ、私。

「あの……」

　顔はまだ上げられないけれど、詰まらせたような声を吐くそのうしろには、小林さんたちもいるみたいだった。

「本当に……ごめんなさい」

　ゆっくり顔を上げて、琴宮さんを真正面から見て。

　思わず息を飲んだ。

　初めて見た時、キラキラしていて私とは別の世界に住んでいるような人だと思っていた彼女の今の姿は、その面影すらなくて。

　……きっと、すごく後悔してるんだろうってことが、手に取るように伝わって来た。

　頬はやつれ、いつも綺麗に巻いていた髪はぺたんとしている。

　身なりに意識が向かないほど、気に病んでいた証拠。

「私……ローズになれなかったことが悔しくて……どうしても気持ちがおさまらなくて……」

　ひっく、としゃくりあげる琴宮さん。

「今回も、ちょっとだけ、困らせちゃえばいいと思ったの……だから、一条くんたちが部屋に来た時は……本当に焦って。まさか、雨の中、まだ山に取り残されてるとは思ってなくて……」

　俯き、時折つまりながら一生懸命言葉にする。

「救急車が来たり、大騒ぎになって……大変なことしちゃったって……。ケガまで負わせてしまって、本当に、ごめんなさいっ……」

「ごめんなさい」

「ごめんなさい……っ、ううっ……」

　うしろの彼女たちも、口々に頭を下げてきた。

　口にする言葉は、嘘には思えなかった。

　それほどまでにローズにこだわっていた強い思いに、むしろ胸が痛くなってくる。

「あの……顔上げてください」

　私が謝罪を受け入れない限り、彼女たちの中でも終わらないだろうし、私もいつまでも憎しみを抱いたまま過ごしていきたくないから。

　涙でぐしゃぐしゃな顔は、緊張でこわばっていた。

　だから、私は逆に頬を上げて言ったんだ。

「私はもう、大丈夫です。足のケガもたいしたことはなかったので」

　そう口にしたら、胸につかえていたものが軽くなった気がした。

「私のほうこそ……ローズの偉大さとか、そういうのよく知りもしないで……。これからは、少しでも歴代のローズだった方に近づけるように、みんなが描くローズ像を壊さないように努力します」

　自分自身への宣言みたいなものだった。

　今まで、漠然とローズっていうものに納まっていたけれど、それは誰もが目指して憧れるポジション。

　それを改めて考えるいいきっかけになったと思えばいい。

　琴宮さんは小さく首を横に振って、私の両手を取った。

「これからは、来栖さんのローズを応援するわ。歴代とか気にしないで、来栖さんなりのローズでいいと思ってるから。……来栖さんは、やっぱりローズに適任だと思う。嘘じゃなくて、ほんとよ……？」

「……ありがとう」

　私もその手を握り返す。

　どんな気持ちでその言葉を言ってくれてるのかと思うと、胸がいっぱいで鼻の奥がツンとしてきた。

　琴宮さんは、首が折れそうなほど「うんうん」と何度も頷いていた。

　……これで、よかったんだよね。

　やがて夏休みが終わり、2学期が始まった。

「寧々ちゃんおはようっ！」

　教室に入ると、佐藤さんが明るく声をかけてきてくれた。

「おはよう」

　サマーキャンプでできた大切な友達。

　きっと今まで以上に楽しい学校生活が待っているはず！

　新たな気持ちで挨拶を返した時、

「ねえ、琴宮さんたち、クラスが変わったみたい」

　少し声のトーンを落として羽山さんが教えてくれたのは衝撃の事実。

　あの件に関わった琴宮さんたち3人が、Sクラスから一般クラスへと変わっていたんだ。

「琴宮さんたちから希望したらしいよ」

「へー、意外」

　嘘っ、どうして？

　私は驚きが隠せない。

「そっかー。あんなことしてSクラスにいられないか」

　今野さんが言って佐藤さんも肩をすくめる。

「琴宮さんには誰も逆らえなかったし、正直ほっとしてる子も多いんじゃないかな」

　そうなの、かな。

　結局、私絡みでこうなったわけだし、少し胸が痛い。

「寧々ちゃんは気にすることないんだからね！　もう忘れよう！」

　私の思いを見抜いた佐藤さんが、私の肩をガシッと掴んでそう言ってくれた。

「うん、ありがとう」

　琴宮さんたちも、覚悟を決めてこれだけの反省を示してくれたんだ。

　私も今までのことは忘れて前に進もう。

「こんな時にあれだけどさ」

　笑顔を含ませてひそひそ声になる今野さん。

「寧々ちゃんを探してる時の一条くん、すっごくかっこよかったよ。男らしくて、さすがエクセレントだな〜って」

　私を探し出してくれた時の様子をうっとりした表情で伝えてくる。

「一条くん、絶対に寧々ちゃんのこと好きだよねっ」

「そうそう。一条くん見てたらバレバレだもん」

「でも、ローズの恋人はエクセレントって鉄板だから、驚くことでもないよね」

「しかもトップとつき合う確率が断然高いって！」

　わいわい盛り上がる３人に挟まれて、私はただ顔を赤くするだけ。

　そうだ。

　すっかり忘れちゃってたけど、告白の返事、まだできてないんだ。

　サマーキャンプで返事をすることになってたのに、それどころじゃなくなっちゃったもんね。

「それにしてもさあ、琴宮さんだって、欲深くなかったらローズになれてたかもしれないのにね」

「ほんとほんと、男の先生に色目使って推薦してもらおうとしてたの、かなりウワサになってたよ。結局、自分から大好きな一条くんともつき合うチャンスを逃したんだよ」

「ねー！」

　あ……そっか。

　もし、琴宮さんがローズになっていたら、刹那くんは琴宮さんとつき合ってたのかな？

　ということは、刹那くんが私に告白してくれたのは、やっぱり私がローズだから……？

　私がローズじゃなかったら、刹那くんは私を好きになってくれたのかな。

　そんなことを考えながら、楽しそうにはしゃぐみんなの声をどこか上の空で聞いていた。

やっぱり大好き

「あれ？　もう食べないの？」

夕飯どき。

早々に箸を置いた私に、椿くんの声。

琉夏くんもスマホの手を止めて私に目をやった。

「うん。お腹いっぱいになっちゃった」

なにか感づかれないかドキドキしながら、「ごちそうさま」と作り笑いを浮かべて席を立つ。

……無言の視線を背中に感じながら。

部屋に入って、ひとり考える。

『琴宮さんだって、欲深くなかったらローズになれてたかもしれないのにね』

佐藤さんの言葉が、頭の中をグルグル回る。

……私はどうだろう。

ローズになれた上に、刹那くんとつき合おうとしている私こそ、欲深いんじゃないの。

エクセレントの男の子にちやほやされて、浮かれているのは私じゃないの……？

エクセレントと付き合うのがローズの宿命と蘭子さんは言っていたけど、この学校でなんの実績も残せていないお飾りみたいなローズの私が、その慣例にあやかるのはどうなの？

刹那くんを好きだからって、刹那くんの想いに甘えて答

えていいの……？

　考えれば考えるほど、煮詰まって。

　どうしていいかわからなくなってしまった。

　やがてケガも順調に回復して、松葉杖なしのOKも出て。

　教室内でも楽しく過ごせるようになり、お昼も友達と食べるようになったからエクセレントルームを使うこともなく。

　お昼に刹那くんとふたりきりになる機会がなくなったのは都合がよかった。

　避けているわけじゃないけど、少しでもふたりきりになる時間を減らしたかったから。

　その理由は……。

「寧々」

　ある日の夕飯が終わり、後片付けに手間取っていたら、椿くん琉夏くん白樺くんの3人が早々とダイニングを出て行ってしまい。

　残っていた刹那くんに呼び止められた。

　……ふたりきりになったら、聞かれることがあるのがわかっていた。

「最近元気ないみたいだけど……なにかあった？」

「えっ？　な、なにもないよっ」

　私はしれっと答える。……内心ヒヤヒヤしながら。

　さすが刹那くん……他の人たちにはなにも言われなかっ

たのに。

　それだけ私を見ていてくれてる証拠だよね。

　嬉しいはずのそれも、素直に喜べない。

「そっか」

　全然納得してない顔で、それでも私の言葉を肯定してくれて。

「そろそろ……告白の返事、聞かせてもらっていい?」

「……っ、」

　ほら、やっぱり。

　いつ言われるか、ドキドキしていたんだ。

　自分の中で答えが出るまで待ってほしいと思ってたけど、いつまでも出ない答えにこのまま時間が過ぎてくれれば……なんて思っていた。

「いろいろあったからさ……、せかしたら悪いと思ってたけど……もう待てない」

　私を求めてくれる瞳に、ズキズキと胸の奥が痛くなる。

　どうしよう。

　なんて返事をすれば……。

　すると、刹那くんの手が伸びてきて、私の頬に触れた──瞬間。

「やっ……」

　反射的に、顔を背けてしまった。

　あっ……と思った時には、遅かった。

「……ね、ね……?」

　目の前の刹那くんは、信じられないような、驚いたよう

な……傷ついたような顔をしていたから。

　……っ。

　こんな顔をさせたかったわけでも見たかったわけでもないのに。

　ごめんね、刹那くん。

　これ以上ここにいたら涙がこぼれそうで。

「ごめんなさいっ……」

　私はそのまま自分の部屋へ逃げ込んだ。

　──絶対に嫌われた。

　私だって、今までさんざん思わせぶりな態度をとってたはず。

　なのに……。

　刹那くんだって信じられなかったと思う。

　だけど、私は自信がない。

　だから、これでよかったんだよね……？

　それ以来、刹那くんは私を避けているみたいだった。

　全員が集まる食事の時間も、なんとなく重い空気が漂って。

　椿くんたちも、空気の変化に気づいているようだったけど、あえてなにも言ってこなくて。

　まるで、息が詰まるような空間。

　……自分がそうしたくせに、楽しかったあの頃に戻りたいと思う私は、ワガママだ──。

　ある日、学校から帰ってきて。

　リビングのソファに座ってぼーっとしていたら、目の前ににょきっと顔が現れた。

「なんだよ、たましい抜けたみたいな顔して」

「わっ、びっくりした……」

　琉夏くんに近寄られると、ちょっと警戒しちゃう。

　また、モデルのお誘い……？

　ジリジリと距離を取ると、

「俺ってそんなに嫌われてんの？　地味に傷つく」

「あっ、ごめんっ……」

「うーわ。謝られるとか傷口に塩ぬられた気分」

「……」

　ううっ。

　私はどうすれば正解だった？

　琉夏くんのことは決して嫌いじゃないけど、やっぱり警戒しちゃうよね。

「これ、やるよ」

　渡されたのは1枚の画用紙。

　描かれているのは……私……？

「うわあ……すごい」

　途中で琉夏くんに押し倒されて、刹那くんに救出されて最後までモデルができなかったやつだ。

　でも、もらった絵はちゃんと完成している。

「自分に見惚れてんの？」

「……っ、そ、そんなことないよっ……」

　茶化すように言われたけど、あながち嘘でもなかった。
「でも、すごく惹かれる……」
　儚げなのに凛とした瞳の奥には、強い意志を持っていて。
　画用紙の中の私は、とても輝いて見えた。
　私だと言われなければ、まさかそうだとは思わない。
「これがそのまんまの寧々だよ。べつに脚色してない。俺、
絵には嘘をつきたくないから」
　絵のことを語る時の琉夏くんは、いつだって真っ直ぐ
だった。
　だから、嘘じゃないんだ。
　私って、こんなふうに映ってるのかな。
　だとしたら、すごく嬉しい。
　まだ、自分ではこんなふうになれているとは思えないけ
ど、きっとなれる、そう思わせてくれる絵だった。
「だから、もっと自分に自信もてよ。寧々がどう思ってる
か知んないけど、周りの目に映ってる寧々は、間違いなく
誰もが認めるローズで、エクセレントだ」
「琉夏くん……」
「そんなローズには、やっぱりエクセレントのトップがお
似合いなんじゃねえの？」
「……っ!?」
　なに言ってるの、琉夏くんっ!?
　エクセレントのトップって……刹那くんのことを言われ
ているんだとわかり、あたふたすると、
「……だな」

　もうひとつ声が割り込んできて。

　琉夏くんも「おー」と、驚きのリアクション。

「珍しく意見が一致したな。雪でも降るのか？」

　そう言って、窓の外を覗き込むような仕草を見せた。

「……雪って、何月だと思ってんだよ」

　相変わらずぶっきらぼうな物言いをした白樺くんは。

「まあ、トップなら仕方ねえってことだよ」

　カバンを放り投げながら、さらに顔が赤くなるようなことを言う。

「へー、アンタでも妥協とかするんだ」

「妥協じゃねえよ、本気でそう思ってる」

「お？　義理の兄弟の雪解けか？」

　茶化すようなそれに白樺くんは答えないけど、案外そういうことなのかもしれない。

　せっかく親戚になったんだから、仲良くできたらいいなって私も思うから。

　……ふたりとも。

　私がなにに迷って、なにに悩んでるかちゃんとわかってくれていたんだ。

　胸がいっぱいになる。

「てことだよ。なにを怖がってんだよ。エクセレントトップの彼女がなんだってんだよ」

　そんな皮肉も、今の私には背中を押すだけ。

「俺らの気が変わらないうちにな」

　白樺くんまで……。

　わずかに眉を上げて、普段見せないような柔らかい表情
を見せた。

　今までで、一番優しい目かもしれない。

　怖いっておそれられてるけど、ほんとは全然怖くな
い……優しい人だよ。

「……ありがとう」

　そうだよね。

　エクセレントとかローズとか、関係ない。

　私が刹那くんを好きで、刹那くんも私を好きと言ってく
れた。

　それだけでいいのかもしれない。

　刹那くんの言葉を、どうして信じられなかったんだろう。

「ただいまー。あれれー、みんなでなにしてんの？　楽し
い話？」

　とそのタイミングで椿くんが帰って来て、ニコニコしな
がらカバンを肩から降ろす。

「あの、刹那くんは……？」

　そういえば、刹那くんはまだ帰ってきてない。

　一番最後なのが珍しくて、思わず聞いてしまうと、

「なんだよー、帰って早々刹那って──」

　すねたように頬を膨らませた椿くんだけど、教えてくれ
た。

「刹那なら取材中だよ」

　あ、そうだった！

　校内誌にエクセレント特集が載るらしく、そのインタ

ビュー記事のための取材を受けてるんだっけ。

　そうとなったら、私がそこへ行くだけ。

「みんなありがとうっ！」

　一度深く頭を下げて、私はそのまま部屋を飛び出した。

　ノンストップで１階に降りたエレベーターが開くと、私はそこから走り続けた。

「はあっ……はあっ……！」

　校舎に駆け込んで、刹那くんを探す。

　たしか、インタビューは生徒会室でやってるみたい。

　エスカレーターを上り切ると、目に入って来たのは男子生徒の背中。

　ひと目でわかった。

　……刹那くんだって。

　そこへめがけて走ると、バタつく足音で、刹那くんが振り返って。

「寧々っ!?」

　息を切らす私を見て焦ったように言う。

「まだ走ったらだめだろ!?」

　あっ、そうだった。

　すっかり頭から抜けてた。

「忘れてたけど、もう全然痛くないから！」

　そう言うと、目をパチクリさせて、プッと吹き出す刹那くん。

　あ……。

　久々に笑顔を向けてくれたことが嬉しくて、胸がほわっと温かくなる。

「……どうしたの？　帰ってたんじゃないの？」

　不思議そうな刹那くんの前で、しっかり呼吸を整える。

「うんっ……でも、刹那くんにっ……会いたくてっ……」

「……俺、に？」

　うんうんと頷けば、いぶかしげに首をひねる。

「わ、私っ……」

　しっかり伝えるんだ。私の気持ちを。

　息を思いっきり吸い込んで、一気に言った。

「刹那くんが、好きですっ……！」

　体中がジンジン熱くて、全身の血が駆け巡るのがわかるくらい高揚してる。

　緊張なんてとっくに通り越して、自分の声が自分じゃないみたいだ。

　静かな放課後の校舎内。

　息のんで、刹那くんの言葉を待つ。

「はあっ……」

　刹那くんは、大きく息を吐いて天を仰いだ。

　……うっ。

　あんな態度を取っておきながら、なにを今更って思ってる……？

　そうだよね……気持ちが沈みかけた時。

「俺、嫌われたのかと思ってた」

「え……？」

「寧々に拒否られて、正直ショックだった。でも、それが寧々の答えなら受け止めなきゃいけないって……でも、なかなか諦められんくて……」

　そんな……。

　嫌われたのは私の方だと思ってたのに。

「ごめんっ、なさい……。私……自分に自信なくて。刹那くんが私を好きだと言ってくれるのは、私がやっぱりローズだからなのかなとか、ローズになれただけでも感謝しないといけないのに、刹那くんを好きになるのは図々しいとか、いろんなことが頭をよぎって、どうしていいかわからなくて……」

　迷っていた気持ちを正直に伝えた。

「前にも言ったけど、俺は寧々がローズだから好きになったんじゃない。寧々、だからだ」

　刹那くんの言葉が私に自信をくれる。

「寧々がローズじゃなくても、絶対に寧々を見つけてた」

　私の目を真っ直ぐ見つめて伝えてくれる言葉は、愛に溢れていて。

　ツンと鼻の奥が痛くなって、あっという間に視界がぼやけた。

　ゆらゆら揺れる視界の中に映る刹那くんは、私の涙に触れて。

「……これは、嬉し涙……？」

　私が頷くと、その涙にそっと口づけて、「ほんとだ」と微笑んだ。

　そのまま、優しく包み込むように抱きしめられれば、刹那くんの鼓動が私に伝わる。

　ドクドクドク……私にも負けない速さ。

「やべえ……嬉しくて死にそう……」

　その声は、いつも余裕たっぷりの彼からは想像もできないくらい震えている。

　そして見つめ合って──反射的に目を閉じると、キスされた。

　初めてのキス。

「んっ……っ……」

　どうしていいかわからず、全部刹那くんに預けるだけ。

　角度を変えながら、何度も何度も唇に落ちてくるキスの嵐。

　もう刹那くんのこと以外考えられなくて、頭が真っ白で。

　夢中になってキスを続ければ、意識が遠のきそうになってふらつく私の体を、刹那くんがぎゅっと支えた。

「ごめっ……抑えらんなくてっ……」

　はあっ、はあっ……と肩で息をする私を気遣うように、背中をさすってくれる。

「だいっ……じょうっ……」

　なんて言いながら、大丈夫そうじゃない私を見て笑う刹那くん。

「無理しないで。これからいくらでもできるんだし」

「……っ」

　そう言われるとなんだか恥ずかしい……。

　だけど、私と刹那くんの時間はまだ始まったばかりだもんね。
「寧々以上の女、どこ探したっていない」
　頬を両手で挟まれて、おでことおでこをくっつける。
　刹那くんの甘い声が、体を通して聞こえた。
「全力で愛すから、覚悟して？」
　再びきつく抱きしめられた体。
　嬉しくて、幸せで。
　私はその背中に、ぎゅっと腕を回した──。

fin

書き下ろし番外編1

朝のキス

　刹那くんとつき合って、1ヶ月が過ぎた。

　交際は順調。

　エクセレントのみんなも、なんだかんだ言いながらも、優しく見守ってくれている。

　それでも刹那くんからは、琉夏くんや白樺くんには隙を見せるなよってきつく言われてる。

　前から薄々思ってたけど、刹那くんて独占欲がすごく強いんだ……。

「寧々、用意できた？」

「うん」

　夏は終わり、冬服に戻った10月下旬の朝。

　振り返りながら聞いてきた刹那くんに元気よく返事をして、彼の後を追いかける。

　みんなはもう学校へ出発していて、ここには私と刹那くんのふたりきり。

　付き合ってからは、一緒に登校しているんだ。

　玄関で靴を履いて、ドアノブに手をかけようとすると、

「寧々、忘れ物」

「えっ？」

　なにを忘れたんだろう。

　くるりと振り返ると、少しすねたような刹那くんの顔。

　……それ見て、思い出す。

「あ……」

　心臓が、トクトクトク……と小さく音を立て始める。

「いってきますのキスでしょ？」

　刹那くんは、自分の唇に人差し指を立ててねだるような
声を出した。

　これは、私たちの日課。

　ふたりで同じところへ行くわけだけど、登校前にはいっ
てきますのキスをするの。

　なんだか、新婚さんみたいで恥ずかしいよね。

　寮にはほかに3人の男の子がいるから、普段刹那くんと
ふたりきりになれる環境じゃない。

　みんながいるのに、付き合ってるからってふたりの世界
に入るのは、私はもちろん刹那くんだっていいとは思って
なくて。

　せめてみんなが先に登校したこの時間は、少しスキン
シップがあってもいいよねってことで、そう決めたんだけ
ど……。

　毎朝毎朝私がすごく緊張してるなんて、刹那くんは知ら
ないだろうなあ。

「早く。じゃないと、遅刻しちゃうよ？」

　遅刻！　それは大変！

　私が遅刻するのはしょうがないとして、エクセレント
トップの刹那くんに汚点がつくようなことだけは避けな
きゃ！

　私は少し背伸びをして、刹那くんの唇に少し触れるだけ

のキスをした。

　それだけで顔が熱くなる。

　自分からするのって、すごく恥ずかしいんだもんっ。

　刹那くんは、満足そうに微笑むと、

「ありがと。じゃあ俺からも」

　真っ赤になってる私に向かって、身をかがめて顔を近づけてくる。

　唇が触れる寸前、私はぎゅっと目を閉じた。

「んっ……」

　刹那くんとキスをすると、胸の中がふわあっと温かくなって、すごく安心するの。

　体全体が満たされていくっていうのがよくわかって。

　離された時は、ちょっと名残惜しいくらい。

　……なのに。

　今日は少しいつもと違った。

　優しく重なっていた唇は、だんだんと勢いを増して。

　はずみで、玄関のドアに背中が押し当てられた。

　刹那くんは片手をドアにつけ、片手を私の肩に置いて、激しくキスを繰り返す。

　えっ？　えっ？

　頭の中は軽く混乱。

　いつもは、私と同じように触れるだけのキスなのに。

　さらに。

　刹那くんは舌で唇を割りねじ込んできたのだ。

「……っ……」

　思わず目を開く。

　こんなキス、知らない！

　呼吸するタイミングがわからなくて、思わず刹那くんのシャツの胸元をギュッと掴んだ。

　なのに、刹那くんの勢いは止まらない。

「はあっ……んっ……ん……」

　酸素を取り込もうとして、意識しなくても、漏れてしまう声。

　頭がぼーっとして、真っ白になっていく感覚……。

　──ドサッ。

　刹那くんの肩にかけていたスクールバッグが床に落ちた音が聞こえる。

　玄関のドアに背を付けた私の頬を両手で包み込みながら、角度を変えて、何度も何度もキスを落としてくる。

　このままだと私、意識が飛んじゃいそう……！

「……くんっ……」

　呼吸の合間に、彼の名前を呼ぼうとするけどうまく言葉にならなかった。

　そこで、ハッと我に返ったような刹那くん。

「はあ……っ……やべえ……」

　私の肩におでこをつけ、うなだれるように言って呼吸を整えた。

「……寧々……」

「ん……？」

　どこか余裕のないその声に、心配になりながら返事をす

れば、

「今日はこのままサボっちゃおうか」

　なんて言い出すからびっくり。

「えっ……！」

　日頃真面目な刹那くんが、そんなこと言うなんて。

「寧々と、ずっとこうしてたい……」

　そう言って、ぎゅーっと私の体を抱きしめた。

　そして、私の首筋に唇を這わせる。

「……んっ……」

　刹那くんの甘い香りに包まれて、幸せいっぱいだけど。

「このまま、俺のベッドに運んでいい……？」

「……っ……！」

　なんてこと言うの刹那くん！

　目を見開いて刹那くんを見上げた私に、

「なあんてね……嘘だよ」

　刹那くんはドキドキしてる私の手を取って、玄関のドア
を開けた。

「寧々ちゃーん」

　教室へ入ると、椿くんが私の席へやって来た。

「あ、椿くん」

　一緒に住んでるから、朝の挨拶ってわけではないけど、
教室で会うとまた新鮮。

　今日も綺麗な金髪が、目に眩しい。

「刹那は？」

　私がひとりで教室に入って来たのを見て、不思議そうに問いかけてくる。

「学園長室に寄ってから来るって」

　朝一で学園長に呼ばれているみたいで、昇降口で別れたんだ。

　私が選挙の公約として出したネクタイの件は、具体的に学校側も検討をはじめてくれて、正式に採用されることになったの。その打ち合わせみたい。

「ふーん。てかさ、今日来るのいつもより遅くない？」

「そう？」

「寮で刹那となにやってたんだよ～」

　意地悪く言ってニヤニヤする椿くんに、ギクッとした。

　す、するどい！

「な、なにもしてないよっ」

　まるで、見ていたかのようなことを言ってくる椿くん。

　さっきのアレを思い出して、動揺を隠せない。

　しどろもどろになりながら、カバンから教科書を出して机の中へしまってく。

「ふふっ、寧々ちゃんは素直だね～」

「へ、変なこと言わないでってば……っ」

「ちゃーんと証拠が残っちゃってるもん。首にできたてのキスマークつけちゃって」

　さらにおもいっきり動揺して、教科書やノートが手からバラバラ床に落ちて行く。

　嘘っ。

刹那くん、そんなことしたの！

空いた手で、咄嗟に首元に手を当てる。

さっき、刹那くんが唇を這わせた箇所に……。

それを見て、またクスクス笑う椿くん。

「刹那も朝から盛ってんなー」

「なに、刹那が盛ってるってなんの話？」

椿くんの横からひょいと顔出したのは、琉夏くん。

「あのね」

私をチラチラ見ながら、興奮した瞳で琉夏くんになにかを耳打ち。

うわっ、説明しないでよ……！

ジンジン顔が熱くなっていく。

顔だけじゃなくて、体も火照ってきた。

「マジで？　うわーほんとだ、キスマークとか刹那も朝から——うわっ……！」

琉夏くんの体がうしろへ遠退いたと思ったら、

「どこにそんなもんついてんだよ」

現れたのは刹那くんで、シレっと言って私の首元を指さす。

どうやら、会話の一部を聞いてしまった刹那くんが、琉夏くんの背中を引っ張ったみたいだけど——。

えっ？

もしかしてついてないの？

「えへへ」

……えへへって……。

　椿くん、カマかけただけなの！
「寧々ちゃん純粋だから、からかったら面白いなーって」
　椿くんはごめんごめんって、私に向かって両手をこすり
合わせる。
「アホ。寧々で遊ぶなよ」
　持っていたプリントで、椿くんの頭をパコッとはたく。
「つ、椿くんっ！」
　う～～～っ。
　これ、一番恥ずかしいやつだよ。
　カマかけられて、真に受けちゃって。
　こんなエクセレントのみんなとの寮生活、先が思いやら
れてしょうがない。
　私の心臓、もつかなあ。
「つけるなら見えないとこにつけるし」
　刹那くんが、耳元でささやく。
「えっ!?」
「だから誰にも見られないとこ、俺だけに見せて？」
　そ、それはっ……。
　刹那くんは真っ赤になってる私を放置して、自分の席へ
行ってしまった。
　……はぁああ。
　やっぱり、一番心臓に悪いのは刹那くんです。

書き下ろし番外編 2

誕生日

「そろそろ寝るか〜」

　ある夜の12時近く。

　リビングでみんなでテレビを見ていたんだけど、番組が終わったと同時に椿くんがあくびをした。

　明日は休みだからって、みんなで夜更かししちゃったんだ。

　そろそろ日付も変わるし、さすがに私も眠い。

「おやすみー」

　白樺くん、琉夏くんと順に立ち上がって部屋へ引き上げていく。

　私も、と部屋に入ろうとしたら。

「わっ、」

　同じく隣の部屋に入ろうとしていた刹那くんに腕を引っ張られて。

　そのまま私は刹那くんの部屋に連れ込まれてしまう。

　──ガチャリ。

　刹那くんが部屋の鍵を閉めた。

「せ、刹那くん……？」

　いきなりのことに、なにが起きたのかと驚きが隠せない。

　なのに、刹那くんは私の腕を掴んだまま、なにも言わず壁にかけた時計を見上げていて。

　これは一体……。

　静かな部屋に、時計のカチカチ……という音だけが響く。

　そして少しすると、

「寧々、誕生日おめでとう」

　私に向かってニッコリ微笑んだ。

「へっ？」

　誕生日って……。

　時計の針は、ちょうど12時を指していた。

　…………はっ！　そうだった。

　日付が変わって今日は、私の誕生日なんだ！

「え、もしかして忘れてたの？」

　こくんと頷く私。

　日々ドタバタな生活で、誕生日っていう概念が抜け落ち
てた気がする。

「ていうか、どうして刹那くんが私の誕生日を……」

　そんな話をしたことは一度もないのに。

　不思議に思って尋ねると、少し顔を赤くしてつぶやく。

「好きな子の誕生日くらい調べるって」

　——ドクンッ。

　"好きな子"

　なんてドキドキする響きなんだろう。

　さらりと言われ、ドキドキと暴れ出す心臓。

　恥ずかしくって嬉しくて、顔がにやけてきちゃう……！

「こっち来て」

　刹那くんは私の腕を引っ張って部屋の中央まで連れてい
く。

　優しく肩を押され、座らされたのはベッドの上。

　私と同じベッドのはずだけど、なぜかとても柔らかく感じた。

「はい、どうぞ」

　並んで座った刹那くんから渡されたのは、細長い箱。

「え？」

「誕生日プレゼント」

「嘘っ……」

　私でさえ忘れていたのに、12時ぴったりにおめでとうを言ってくれて、プレゼントまで用意してくれて。

　やだ。

　胸がいっぱいだよ。

「ありがとう。すごく嬉しい……」

　涙がこみあげて、目の前がゆらゆらとぼやけてくる。

　ずずっと鼻をすすると笑われた。

「開けてみてよ」

　そう言われて、私は頷きながら包みを開ける。

　それを目にした瞬間、

「わあっ！　これ欲しかったやつだ」

　思わず大きな声を上げてしまった。

　夏休みに刹那くんと出かけた先で、私が可愛いと思っていたネックレスだったんだもん。

「え、なんで？　どうして、これ……」

　刹那くんを見上げながら首をかしげると、少し得意げに鼻をかいている。

　……もしかして。

　あの時、このネックレスに私が目を奪われてるのに気づいてた……？

「よかった。カン違いだったらハズいとこだった」

　やっぱり！

「ありがとう。嬉しい‼」

　また大きな声が出ちゃって、慌てて口を押さえた。みんなの部屋にまで聞こえちゃったら大変だよね。

「よかった、喜んでもらえて」

　刹那くんは魔法使いなのかな。

　観察力が半端ないよ。

　嬉しくて胸に抱きしめると、同じように、嬉しそうに微笑む刹那くん。

「でも、これ……高かった、よね？」

　今度は、小さい声で。

　可愛さに比例して、値段もそこそこしたはず。

「つうか、値段バレてんのがあれだけど」

　そう言って苦笑いしてから、驚きの言葉を放った。

「バイトしたから大丈夫」

「バイト？」

　いつ、バイトなんて……。

　私は首をかしげる。

「夏休み、家に戻ってた期間で家庭教師のバイト。親のつてで中学生何人かの勉強を見てたんだ」

「えっ、そうなの⁉」

　それは刹那くんに適任のバイトだ。

　白凰学園の成績トップに家庭教師をしてもらえたら最強
だろう。

「金はいらないっつったんだけど、そうもいかないってこ
とで。でも、ちゃんと自分のお金で寧々の誕生日プレゼン
トを買えてよかった」

　そんなこと聞いたら、このネックレスが元々の価値より
何10倍にも膨れ上がる。

　働いたお金で、私のプレゼントを買ってくれたその想い
に胸が震えた。

「一生大切にするねっ！」

　声を抑えて、でも勢い勇んで言うと、目を丸くしてから、

「一生って……そういう意味でとらえていいワケ？」

「え？」

「一生俺のそばにいてくれんの？　ってこと」

　意地悪く言って、肩を抱き寄せた。

「あっ……それはっ……」

　気づいたら、恥ずかしくてジンジン体が熱くなった。

　一生……なんだかすごいこと言っちゃったよね。

　まるでプロポーズみたい。

　でも、ずっと一緒にいたいっていうその気持ちに嘘はな
いもん。

「うんっ！」

　そう言って、刹那くんを見上げると、

「もう、我慢できねえよ」

「えっ」

「もう無理」

「……っ！」

「煽ったの、寧々だからな」

　ベッドの上に、私を押し倒した。

　私の上で、刹那くんがジッと私を見つめる。

　ベッドで、刹那くんとふたりきり。

　……これからなにが起きようとしているのか、もう子ど
もじゃないからわかる。

　だからこそ、緊張する……。

「寧々の初めて、俺にちょうだい？」

「……っ」

　刹那くんの顔も、いつもの余裕そうな顔じゃなくて、ど
こか緊張が見えて……。

「俺でいい？」

　少し不安げな声。

　この状況で断る術も理由もない。

　むしろ。

「刹那くんが、いいっ……」

　言って、真っ赤になるなんて馬鹿だ、私。

　恥ずかしくて、顔を両手で覆う。

「ああもう、なんでお前こんなに可愛いの」

　ぎゅう。

　顔を抱え込むようにして抱きしめてくれるから、この
真っ赤な顔を見られなくてよかった。

「そういえば、なんでさっきからこそこそしゃべってんの？」

「だ、だって……私が刹那くんの部屋にいること、みんなにバレちゃったらまずいから……」

　すると、「なあんだ、そんなことか」と笑って。

「エクセレントトップの部屋は完全防音になってんの」

　と、とんでもないことを言った。

「防音？　どうして？」

「知りたい？」

　怪しげに口角を上げる刹那くんに、ゆっくり頷けば。

「じゃあ、教えてやるよ……それはね、可愛いローズの声をたっぷり聴（き）くためだよ」

　そう言って、刹那くんは部屋の明かりを消した。

　それは、ふたりだけの長い夜のはじまり──。

fin

あとがき

こんにちは、ゆいっとです。

この度は、『秘密の溺愛ルーム〜モテ男子からの奪い合いがとまらない〜』を手に取ってくださりありがとうございました。楽しんでいただけましたでしょうか?

今回は、【イケメンたちからの溺愛祭!】ということで、溺愛と逆ハーをテーマに書いたのですが、野いちごさんでガッツリ逆ハーを書くのは初めてでした。

どんな男子を登場させようか考えている間はとても楽しくて、こんなこと言わせたい、させたい、など妄想がとまりませんでした(笑)。

刹那のクールさも、琉夏のちょっとワルいところも、凰我の一匹オオカミなところも、椿の小悪魔なところもそれぞれ好きで、書き終わったころには順位をつけられないくらい、どの男子もお気に入りになりました。

皆さんも、お気に入り男子を見つけてくだされば嬉しいです。

同居ものは今までにたくさん書いてきましたが、今回は寮で複数人でのルームシェアという新しいシチュエーションへの挑戦で、同居ものも奥が深いな……と思いました(笑)。

　個人的に同居ものは書いていて楽しいので、これからも妄想が続く限り、挑戦したいと思います。

　そして、男子キャラ全員が超イケメンなことにテンションが上がり、書籍作業もすごくはかどりました。もちろん設定はイケメンですが、イラストになった男子たちがそれはそれはイケメンで……！　しかも、それぞれイメージ通り……！
　刹那が出てくるシーンでは、刹那を見ながら……という風に作業していたので、実際に男子たちがいるような感覚ですごくイメージがつきやすく、作業も楽しくできました。キャラ様様ですね。
　そんな素敵なキャラを描いてくださった星屋ハイコ先生、どうもありがとうございました。本当に素敵なカバーイラストを描いてくださり、心からお礼申し上げます。

　最後になりましたが、この本に携わってくださったすべての皆様に、感謝申し上げます。
　そして、この本に出会ってくださった皆様、本当にありがとうございました。

2022年5月25日　ゆいっと

作・ゆいっと

栃木県在住。自分の読みたいお話を書くのがモットー。愛猫と戯れることが日々の癒やし。単行本版『恋結び〜キミのいる世界に生まれて〜』(原題・『許される恋じゃなくても』)にて書籍化デビュー。近刊は『どうか、君の笑顔にもう一度逢えますように。』、『溺愛王子は地味子ちゃんを甘く誘惑する。』など(すべてスターツ出版刊)。

絵・星屋ハイコ (ほしや はいこ)

三重県松阪市出身の射手座の漫画化。趣味はゲームとホラー映画を見ること☆作業中はゲーム実況ひたすら聴いている。2013年に『空くん、いい天気だよ』でデビュー。代表作は、『つぼみコンプレックス』。集英社りぼんで活躍中！

ファンレターのあて先

〒104-0031

東京都中央区京橋1-3-1

八重洲口大栄ビル7F

スターツ出版(株)書籍編集部 気付

ゆいっと先生

【イケメンたちからの溺愛祭！】

秘密の溺愛ルーム
～モテ男子からの奪い合いがとまらない～

2022年5月25日　初版第1刷発行

著　者　ゆいっと
　　　　©Yuitto 2022

発行人　菊地修一

デザイン　カバー　尾関莉子（ナルティス）
　　　　　フォーマット　黒門ビリー＆フラミンゴスタジオ

DTP　久保田祐子

編　集　相川有希子

編集協力　ミケハラ編集室

発行所　スターツ出版株式会社
　　　　〒104-0031 東京都中央区京橋1-3-1　八重洲口大栄ビル7F
　　　　出版マーケティンググループ　TEL03-6202-0386
　　　　（ご注文等に関するお問い合わせ）
　　　　https://starts-pub.jp/

印刷所　共同印刷株式会社
Printed in Japan

ISBN　978-4-8137-1268-8　C0193